異界往還小説考

異界往還小説考

いかいおうかんしょうせつこう

真銅正宏
SHINDO Masahiro

TOSHO MIGIWA

注目したのは、異界そのものではなく、その場所と往還すること。
読書行為自体が、異界との往還だ。

ハリー・ポッターのロンドン

子供たちがまだ幼かった頃、ハリー・ポッター・シリーズの小説が映画化される度に、家族で見に出かけた。そしてふと思った。どうしてハリーは、必ずロンドンやロンドン近郊の街のどこかの家から、ホグワーツに出かけるのだろうか、と。

魔法学校ホグワーツの話は魅力的である。その学校生活や魔法の勉強、そして魔物たちとの戦い。どうしていきなりホグワーツから話が始まらないのであろうか。学期毎にロンドンに帰ってくるのは、設定として必要でも、そんなに毎回映像化しなければならないことなのか。

第一作「ハリー・ポッターと賢者の石」（J・K・ローリング、松岡佑子訳『ハリー・ポッターと賢者の石』、静山社、一九九九年一二月）はまだわかる。そもそもハリーはサレー州プリベット通り四番地に住んでいるのだから。第6章は「9と3/4番線からの旅」で、八月の最後の日、ロンドンのキングス・クロス駅から、魔法学校に向かう。この時、おじさんが気の利いたことを言う。

「魔法学校に行くにしちゃ、おかしなやり方じゃないか。汽車なんて。空飛ぶ絨毯はみんなパンクかい?」

本当にそうである。

そうして、学期が終わると、必ずロンドン近郊に帰省するのである。

第二作「ハリー・ポッターと秘密の部屋」(J・K・ローリング、松岡佑子訳『ハリー・ポッターと秘密の部屋』、静山社、二〇〇〇年九月)も同じロンドンのプリベット通りから始まる。しかしこの時は、なぜか9と3/4線に入ることができず、ホグワーツ特急に乗り遅れることになる。そこで、ロンの提案で、中古のフォード・アングリアという車で空を飛び、ホグワーツに向かうことになる。そしてまた、夏学期が過ぎ、夏休みが来ると、ロンとハーマイオニーと共に、ホグワーツ特急でキングス・クロス駅に戻る。第二作の最後の一行は、「そして三人は一緒に柵を通り抜け、マグルの世界へと戻って行った」というものである。

ロンドン周辺の「マグルの世界」と、ホグワーツとの往還関係が、定型として物語を構成しているわけである。

これは、この物語に限った定型というよりも、我々が日常から本の世界という異界に出かけ、奇妙で世にも不思議な体験をし、やがて夢が覚めたように日常世界に帰ってくる、あの脱日常体験としての読書の構造そのものではないか。

こうして、私の異界往還物語の捜索は始まった。探してみれば、あるある、たくさんある。本書はその、ブックリストでもある。

異界往還小説考

目次

はじめに――異界往還の構造分析に憧れて

私が惹かれる小説には大きく分けて二種類のものがある。一つは「どこか遠くへ連れて行ってくれる小説」、もう一つは、「よくあることをうまく言い当ててくれる小説」である。これは、一見するとエンターテインメント小説とリアリズム小説の区別をなぞるようでもあるが、私の興味はあくまで読者の楽しみ方の面にある。最近になって、その魅力の原理を探りたいと思うようになった。とりわけ前者の魅力解明の誘惑は格別である。どうやらそこには、我々の普遍的な異界願望のようなものが関わっているようである。

神戸大学の学生か院生だったころ、集中講義で学んだ高橋亨の話型と物語の構造についての論には、強く影響を受けた。こんな単純な図式で示すことのできる構造分析があるとは、と、魔法を見るに近い印象を持った。その後、教員になってからも、この昔話の構造の話は、変奏して授業でもよく使ってきた。

糸井通浩・高橋亨編『物語の方法』（世界思想社、一九九二年四月）には、高橋自身によって、以下のように書かれている（「物語学にむけて」）。

> 『竹取物語』のかぐや姫は、月という異郷から現世へやって来て、五人の貴公子たちとの難題求婚譚と帝の求婚のあと、八月十五夜に昇天する。羽衣型の話型の中間に、難題求婚譚をはめこんだ構造である。『宇津保物語』の俊蔭の異郷訪問譚や、『源氏物語』の光源氏の須磨から明石への流離と帰京は、浦島型と言うことができる。（略）
>
> X・Yの行為項の主体に男女の性を加えて話型を分類すれば、（A）羽衣型が異郷の女を主体とするのに対して、異郷の男を主体とするのが（C）三輪山型、（B）浦島型が現世の男を主体とするのに対して、現世の女を主体とするのが（D）住吉型〔アリス型〕と分類することができる。多くの場合、話型（タイプ）はプロットやモチーフと混用され、様々によばれているのだが、その原型は、異郷（異界）との交通をどのように幻視して語るのかにあると言えよう。

要するに、物語の多くが、異郷（異界）と現世との間を、来て帰るか、往って戻るかの往還の物語であり、男女の変種を加えても、たった四種に分類されるのみ、というのである。

図解すればもっと分かりやすい。例えば石原千秋・木股知史・小森陽一・島村輝・高橋修・高橋世織『読むための理論』（世織書房、一九九一年六月）の「空間」の項において、小森が高橋の理論を説明する際に用いた図が次のものである。ちなみに、先の高橋の引用の中にあった「X・Yの行為項」とは、この二つの曲線を指す。

これは、当然ながら日本の昔話によくあてはまるが、高橋も述べていた「不思議の国のアリス」、さらには、冒頭にも触れた「ハリー・ポッター」シリーズにも応用できることは明らかである。そこには、古今東西の別を問わない、物語の興味の原理のようなものが存在するようである。

もしそうならば、それは、日本の近代小説の多くにも当てはまるのではないか。

そう予想して読み始めると、さまざまな作品に、この図式の構造が含まれていることに気づく。詳細は本論に譲るが、近代文学の異界としては、例えば、森鷗外の「舞姫」におけるベルリン、永井荷風の「濹東綺譚」における玉の井、谷崎潤一郎の「少年」や宇野浩二の「蔵の中」における蔵の中、芥川龍之介の「河童」における河童の国、川端康成の「雪国」の温泉地や「眠れる美女」の館などなどである。これらは、探して見つかるものというより、やや大袈裟な言い方をすれば、物語の方法論に含まれ、あらゆる小説がこの法則に則って書かれているかのようにまで思えるのである。

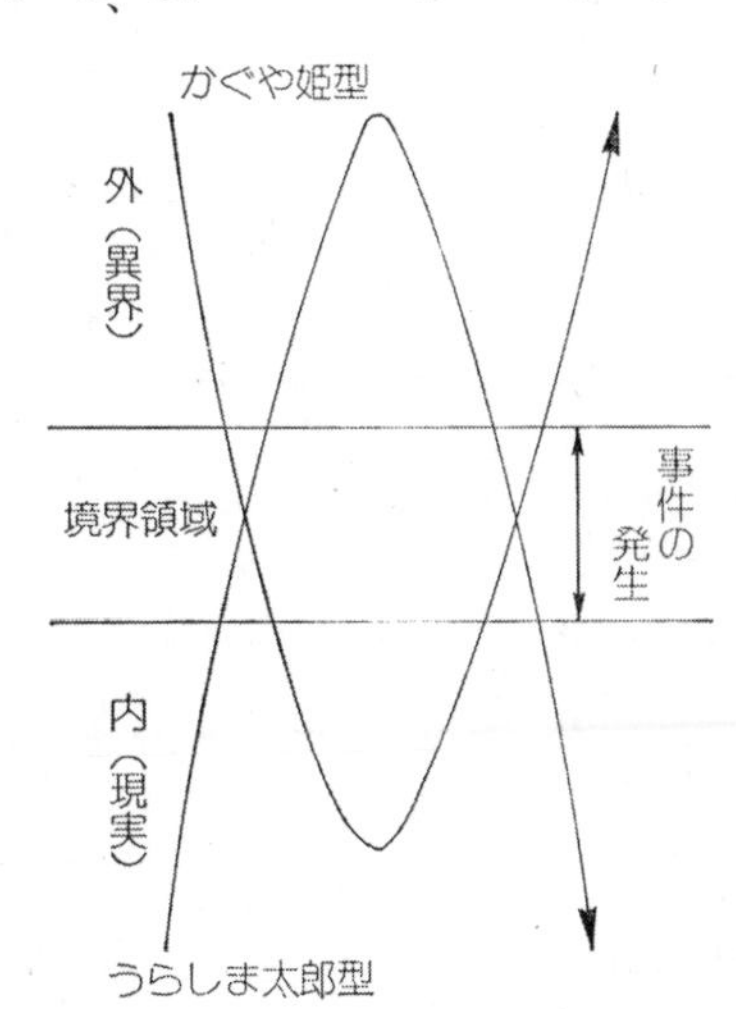

確かに近代小説は多種多様で、一見すると混沌の中にあるかのように思える。しかしながら、極限まで構造分析するならば、やはりそこにも、いくつかの原理が存在し、その原理が、小説、ひいては文学なるものの本質を照射してくれるのではないか。さらには、そのような小説や文学を好む我々読者の興味の在処、その心象なども、ついでに明らかにしてくれるかもしれない。

そもそも読書行為自体にも、現実逃避の側面がある。通勤電車の中で物語の展開に没頭し、降りるべき駅を乗り過ごした経験は私にも多々ある。

読書行為自体が現実から異界への往還であり、さらにそこで読んでいる物語内容も現世と異郷との往還の物語であるならば、この二重性が、明確に文学の性格を指し示していると言ってもよいのではないか。

小川洋子は『物語の役割』（筑摩書房、二〇〇七年二月、ちくまプリマー新書）の中で、幼い頃の記憶として、次のように述べている。

本を開くと本の世界へ行って、閉じるとまたこちらの世界に戻ってこられる。本を開くというのは、あっちに行ったりこっちに帰ったりを自由に繰り返すことなんだ、という読書の感触も、おぼろげながら感じ取っていたように思います。

ここに見られるように、これはむしろ読書の原体験のようである。

読書の本質中の本質を明らかにする。本書の試みは、このような目論見から出発する。付け加えておかなければならないのは、この私の興味が、異界そのもの、異郷そのものや、現実界と異界との境界に向けられたものというよりは、異界と現実界とを往還することと自体、すなわち往還という行為に、より強く向けられているという点である。

異界に往きっぱなしではなく、また最初から異界だけを描くのでもなく、往って還って来るということが書き加えられ、往還が完結して初めて何かが完成するのではないか。特に近代小説においては、どれだけ荒唐無稽な物語であっても、リアリズムの存在という前提抜きには語り難いことは明らかなのである。これは、いわば近代文学の宿命である。

結果的には、「どこか遠くへ連れて行ってくれる小説」と「よくあることをうまく言い当ててくれる小説」とは、同一の小説において目指されうる興味の結晶なのかもしれない。もしそのことが明らかになれば、それは、我々が文学に惹かれ、小説を読みたく思うことの根本原理として、言挙げすることができるであろう。
私が探りたいのは、やはり、「文学とは何か」なのである。

第一章 近代における海外

近代における海外は、多くの日本人にとって、異界そのものであった。近世期には、鎖国政策は採っていても、海外の情報はもちろん数多く流入していたであろうが、近代に入っても、その情報を体験として身体化できた一般の人々が極めて少なかった。異界の物語は、一般の人々の想像力によって流布されたのである。海外という異界の中でも、特に近代化が早かったヨーロッパとの相違は歴然としていた。ヨーロッパと往還した数少ない人々の目には、その見たこともない風景が、あるいは日本の未来の像として映ったかもしれないが、その前に先ず、異様な異物と見えたに違いない。

さらに厄介なことに、そこに一定の期間滞在して帰った人々にとっては、今度は日本の見馴れた景色が、故郷でありながら異様なものに見えたであろう。「かぶれる」とはこのようなことを指す。ヨーロッパから帰った人々の日本に対する故郷であって異界であるという二重の視線は、この人たちに、やや大袈裟に言えば、アイデンティティの危機を感じさせたのではないか。依って立つところのない不安こそは、異界体験の最たるものであろう。

日本の小説における海外の異界としての特徴は、その地が異界であることと同時に、その地との比較において、日本をも異界にしたことにあろう。これは、その地との往還が、認識の次元を変化させたことによる。異界が小説の舞台に選ばれる最大の理由は、異界自体の目新しさなどではなく、そこと往還することによって生じる、アイデンティティの亀裂にあると考えられる。

このような、月に帰ったり、竜宮城から戻ったりするような異界体験が、近代の現実において可能になったのは、交通手段の画期的な発展による。このことは殊更に留意しておいてよい事実であろう。交通手段が未発達であった時代から見れば、海外、特にヨーロッパとの往還は、いわば瞬時の空間移動とも呼ぶべき想像を絶する場面転換であろう。異界とは、その意味で、往還可能な場所であることが必須条件となる。往還が極めて困難でありながら、何故か往還できることができた時、異界の記述が可能となる。

日本の近代小説におけるヨーロッパの表象は、まさにこれらの条件が整ったものであった。より移動が容易になった現代より往還が困難であったことも、現代より近代における海外体験の記述が重要であることの理由となろう。繰り返しになるが、異界とは、往還が困難でありながら、とある事情で可能となるような場所に位置するのである。

一、森鷗外「舞姫」

主人公がヨーロッパ体験をする近代小説としては、森鷗外の「舞姫」(『国民之友』一八九〇年一月)にまず思い当たる。ところで、この小説は、なぜ、「石炭をば早や積み果てつ」という、太田豊太郎の乗った船がベルリンから帰ってくる途中に立ち寄った「セイゴン」の港の場面から殊更に始まるのであろうか。このことがずっと気にかかっていた。

物語の大筋は、ベルリンという都市で完結している。

ここには、明治維新からまだ日が浅い日本という国と、ヨーロッパを代表するドイツのベルリンという都市との往還が殊更に示されているのではないか。つまりこの物語は、太田豊太郎という男が、日本からベルリンに行き、そして帰って来たという事自体が重要な物語であり、そのためにこのような冒頭が必要だったのではないか。

「舞姫」は、話型としては、ある人物が、「異界」で一つの体験をし、そこから帰ってくるという、典型的な構造を持つ。冒頭には、豊太郎の「東に還る」今と、「西に航せし」昔の言葉が置かれている。

五年前の事なりしが、平生の望足りて、洋行の官命を蒙り、このセイゴンの港まで来し頃は、目に見るもの、耳に聞くもの、一つとして新ならぬはなく、筆に任せて書き記しつる紀行文日ごとに幾千言をかなしけむ、(略)

げに東に還る今の我は、西に航せし昔の我ならず、学問こそ猶心に飽き足らぬところも多かれ、浮世のうきふしをも知りたり、人の心の頼みがたきは言ふも更なり、われとわが心さへ変り易きをも悟り得たり。

このような冒頭部がなぜ必要であったのか。そこには、この物語に込められた、作者の物語の枠取りについての意図を見て取ることが出来よう。それは、いわば「異界」願望とでも呼ぶべき、当時の読者たち日本人の欲望に訴える物語構築の志向である。

話はやや横道に逸れるが、このことを傍証するかのように、鷗外は、「舞姫」に先立つ明治二二年五月、ワシントン・アーヴィングの「リップ・ヴァン・ウィンクル」を「新浦島」という名で翻訳し、『少年園』に発表している。よく知られるとおり、この話はリップという気の好い男が、「ケエツキル」という山に猟にでかけ、「異人」たちと出会い、たった一夜そこで過ごしたと思って村に帰ってみると、その間になんと二〇年もの月日が経っていたという、アメリカ合衆国の昔話である。

このような翻訳小説を書いた後、すぐに、「舞姫」を書いているのである。このことは注目に値する。

「舞姫」は、従来は、太田豊太郎という男が、恋人エリスとの恋に生きることを選ばず、軟弱にも、エリートコースを選ぶべく、日本に帰国した話、というような、ストーリーと人物造型を中心に論じられてきた。そして、多くの読解は、太田の後悔の心情を、この小説から読み取らせようとしている。しかし、本当にそのような読みが、正しいのであろうか。また、それだけならば、なぜ冒頭部分は、石炭を積む場面から、すなわち、帰り道からなのであろうか。

ここには、もう少し当時のことを知らなければわからない事実が潜んでいる。太田豊太郎は明治の人間である。そもそも我々と全く同じ恋愛感覚を持っているという保証はない。さらに、主人公であるから、必ずいい人であるという必要もない。これは、エリスという外国の女性についても言えることである。

むしろベルリンは、我々読者が全く知らない土地であることを強調して描かれている。

明治も未だ二〇年代の当時、ベルリンは日本人にとって、まさしく「異界」であった。

例えば、鷗外の滞在した時代よりやや下るが、徳富健次郎（蘆花）纂輯『近世欧米歴史の片影』（民友社、一八九四年七月）という書には、ベルリンについて、次のような厳しい評言が与えられている。

伯林に遊ぶものゝ第一に感ずる所は失望なり。巴里の美あるにあらず、龍動の観あるにあらず、例へばヴエニス、フロレンス、コンスタンチノープルなどの如く同感を牽くにあらず、紐育シカゴなどの如く好奇の心を起すにもあらず、若くはメーン河上のフランクフヲルトの如く、ブロンスウイックの如く、中世時代の昔忍ばるゝ一種の風韻あるにあらず。位置、外観、歴史上の古跡、何れよりするも平々凡々。若し其中に就て聊か遊人の満足を来すものありとすれば、菩提樹街の近傍を除けば殆ど一もあるなし。

しかしながら、当時のベルリンが、ロンドンやパリに次ぐ、ヨーロッパ屈指の大都市であったこともまた事実である。かろうじて蘆花が例外的にほめた「菩提樹街」すなわちウンテル・デン・リンデンは、パリのシャンゼリゼにもなぞらえられるべき大通りであった。この都市は、「舞姫」には次のように写し取られている。

何等の光彩ぞ、我目を射むとするは。何等の色沢ぞ、我心を迷はさむとするは。菩提樹下と訳するときは、幽静なる境なるべく思はるれど、この大道髪の如きウンテル、デン、リンデンに来て両辺なる石だゝみの人道を行く隊々の士女を見よ。（略）彼も此も目を驚かさぬはなきに、車道の土瀝青の上を音もせで走るいろ〳〵の馬車、雲に聳ゆる楼閣の少しとぎれたる処には、晴れたる空に夕立の音を聞かせて漲り落つる噴井の水、遠く望めばブランデンブルク門を隔てゝ緑樹枝をさし交はしたる中より、半天に浮び出でたる凱旋塔の神女の像、この許多の景物目睫の間に聚まりたれば、始めてこゝに来しものゝ応接に遑なきも宜なり。

いかにも旅人の目をひく光景として書き留められている。

このようにベルリンという都市の魅力は、「欧羅巴の新大都」としてのベルリンの「異界」性に、とりあえずはある。しかしながら、当時の多くの読者は、蘆花と鷗外のいずれの記述も、鵜呑みにするしかなかったはずである。とにかく実際のところを知らないからである。

つまりこれは、案内でありながら、虚構の場所への誘いにも近い、いわば、物語空間を描く記述なのである。もう少し言うならば、それは、日本の未来世界の記述だったのかもしれない。

当時の案内記や小説を読むと、実に興味深いことがわかる。それらの多くの文章は、まず道路幅の記述から始まり、車道と歩道の別とその様子が述べられ、凱旋門、すなわちブランデンブルグ門へと視線を移し、さらに、チーアガルテンに触れて、先に聳える戦勝記念塔へと記述を移す順序まで、実によく似たものばかりである。この視線の移動こそ、日本人たちが、ベルリンという都市に見た、正しく典型的な「異国」の風景であった。殊に、象徴的なモニュメントへの視線はともかく、道路幅やその様子に着目することの背後には、ヨーロッパという先進の文明への追随の欲望が明らかに見て取れるのである。

近代の文学作品が成立する際、そこに求められたのは、おそらく純粋な文学性というより、何らかの文学外要素との連関であったと思われる。それは当然ながら、日本という国の時代的な欲望とも連絡していたであろう。それが、やや大雑把な言い方ながら、「異界」願望なるものなのではなかろうか。異国の風景にそれを見出すその視線が、小説にも、また案内記的内容をもつ書物にも、同じような磁力を及ぼしていたのである。

「鷗外漁史が『うたかたの記』『舞姫』『文つかひ』の由来及び逸話」（『新著月刊』一八九七年一二月）という「作家苦心談（其十二）」談話筆記において、鷗外自身も次のように語っている。

『舞姫』の方は独逸北部の大都会ベルリンの出来事をかいた積りで、風俗とか土地とか云ふものには幾等か注意をしてかいた積です、日本から行ッた貧乏な書生で、新聞社の通信員などして暮す人は随分ありますから……其れから小芝居の舞妓と云ふものは、巴里の方で云ふ「ドミモンド」即ち上等の私娼の類が多い、一体舞姫といふ字は「バレチウヅ」の訳で、「バレット」と云ふ踊を、をどる女のことです、或人が某雑誌へ英訳にして My dance of lady（我が舞踏の貴婦人）とかいてあッたが、詰り意味が分からなかッたものと見える、（略）『舞姫』は実事に拠ッてかいたものではありません、能く如彼いふ話はあるもんです、

少なくともここで、二つのことが確認できる。一つは、ベルリンという舞台について、地理や風俗的な特徴が殊更に書き込まれているということ、そしてもう一つは、この物語があくまで虚構であるということである。鷗外は「舞姫」という存在について、その言葉の表層から見て取れるような「姫」すなわち lady のイメージではなく、西洋に独特の、ある階級に所属する女性を意味することを強調している。ここからは逆に、エリスが、主人公の恋人であるがゆえに、発表当初より、本来の「上等の私娼」としての造型どおりに

受け取られるのではなく、先験的に読み間違えられる可能性を秘めていたことが窺えよう。

太田豊太郎の内面、つまり後悔や懺悔の物語としての読みから解放し、外枠で発想するならば、この小説は、読者の日常感覚を超えて、物語中における太田という男のエリスに対するひどい仕打ちに焦点があることは間違いない。そしてその仕打ちがひどければひどいほど、この小説の迫真の力も上がるはずである。ところがそれを、太田の後悔という方向で、太田の内面の正当性へと帰せば帰すほど、物語の魅力のある部分は減少していくのである。「上等の私娼」たるエリスとの「異界」における交渉と、そこからの帰還という、物語の外枠こそが、正しく読むべき対象なのではなかろうか。

エリスもまた、譬えモデルがあろうと、物語の構造上は、現実の存在として読むより「異界」の存在として読む方が、効果的なのである。冒頭の「セイゴン」における、五年前の自己と現在時との比較による感慨こそは、主人公が、「異界」の主たるべきエリス体験から決定的に醒めたことを示すために置かれた場面なのであろう。ちょうど浦島太郎の「玉手箱」のように。

森鷗外（もり・おうがい　一八六二〜一九二二）
石見（島根県）津和野生まれ。本名は林太郎。別号に観潮楼主人など。東大医学部卒業後、軍医となりドイツに留学。帰国後「舞姫」、「即興詩人」などの創作・翻訳、ヨーロッパ文芸の紹介・啓蒙に活躍した。晩年は歴史小説・史伝を著した。代表作に「雁」、「阿部一族」、「高瀬舟」、「渋江抽斎」など。その間、軍医総監を経て陸軍省医務局長をつとめた。

「舞姫」

初出は、『国民之友』（一八九〇年一月）。現在は『阿部一族・舞姫』（新潮文庫）、『舞姫・うたかたの記』（角川文庫）、『舞姫　うたかたの記　他三篇』（岩波文庫）などで読むことができる。

二、夏目漱石「倫敦塔」

「倫敦塔」（『帝国文学』一九〇五年一月）は、ロンドン滞在中の「余」がロンドン塔を訪問する話なので、厳密に言えば、「海外としての異界」には当てはまらないかも知れない。しかし、この「余」は日本からの留学生である。冒頭近くには執拗に、以下のようにこの街への異邦人性が語られている。「倫敦塔」訪問は、日本から西洋を代表する大都市であるロンドンへの訪問の縮図でもあった。

> 行つたのは着後間もないうちの事である。其頃は方角もよく分らんし、地理抔は固より知らん。丸で御殿場の兎が急に日本橋の真中へ抛り出された様な心持ちであつた。

この譬喩は大袈裟でもない。当時の日本人にとって、いち早く産業革命を経て、世界有数の大都市となったロンドンは、見る物はすべて目新しいものばかりであったはずである。「御殿場の兎」以上の田舎者が、日本橋以上の大都会に迷い込んだようなものである。ロンドン到着直後の、まだ土地に慣れない「余」にとっては、同じ街中にある「倫敦塔」を訪れること自体が、実に困難なことであった。言い換えれば、彼の下宿先から「倫敦塔」への道程自体が、異界への入口として境界性を持ったのである。

> 無論汽車へは乗らない、馬車へも乗れない、滅多な交通機関を利用仕様とすると、どこへ連れて行かれるか分らない。此広い倫敦を蜘蛛手十字に往来する汽車も馬車も電気鉄道も鋼条鉄道も余には何等の便宜をも与へる事が出来なかつた。余は已を得ないから四ツ角へ出る度に地図を披いて通行人に押し返されながら足の向く方角を定める。

地図で知れぬ時は人に聞く、人に聞いて知れぬ時は巡査を探す、巡査でゆかぬ時は又外の人に尋ねる、何人でも合点の行く人に出逢ふ迄は捕へては聞き呼び掛ては聞く。かくして漸くわが指定の地に至るのである。

これは大変である。このような状態では、ロンドンの街の全体像など、まさに霧の中である。このように未だこの街に慣れないうちは、下宿以外のロンドンの街全体が、「余」にとっては異界である。その異界の中の異界とも呼ぶべき存在が、歴史の証人としての博物館である「倫敦塔」である。このことについても、「余」が以下のように述べている。

倫敦塔の歴史は英国の歴史を煎じ詰めたものである。過去と云ふ怪しき物を蔽へる戸帳が自づと裂けて龕中の幽光を二十世紀の上に反射するものは倫敦塔である。凡てを葬る時の流れが逆しまに戻つて古代の一片が現代に漂ひ来れりとも見るべきは倫敦塔である。人の血、人の肉、人の罪が結晶して馬、車、汽車の中に取り残されたるは倫敦塔である。

難解な文章ではあるが、ここではとりあえず、英国の過去の証人として、歴史が物語としてそこに凝集されているという性格に、「倫敦塔」の最大の異界性を認めておきたい。

さて、「余」がここを訪れたのは、先に見たとおり、未だロンドンに不案内の、到着当初のことであった。先に見た、交通機関に乗れない頃の「余」にとって、大都会たるロンドンは、大きすぎる迷宮であった。

「塔」を見物したのは恰も此方法に依らねば外出の出来ぬ時代の事と思ふ。来るに来所なく去るに去所を知らずと云ふと禅語めくが、余はどの路を通つて「塔」に着したか又如何なる町を横ぎつて吾家に帰つたか未だに判然しない。どう考へても思ひ出せぬ。只「塔」を見物した丈は慥かである。「塔」其物の光景は今でもあり〱と眼に浮べる事が出来る。前はと問はれると困る、後はと尋ねられても返答し得ぬ。只前を忘れ後を失したる中間が会釈もなく明るい。恰も闇を裂く稲妻の眉に落ると見えて消えたる心地がする。倫敦塔は宿世の夢の焼点の様だ。

ここには、行き方や帰り方は今となっては不明であるが、その異界の光景だけが「宿世の夢の焼点」に喩えられるほども「明るい」ものであったことが語られている。「倫敦塔」自体、またそこに収められた歴史の遺物などが「明るい」わけでは決してあるまい。かつてこの「塔」で起こった悲劇が、「余」の空想の中で生きた人物のように活写されている点に、その光源はある。「余」は、「倫敦塔」を訪問したというより、そこを介して空想中に再現される物語空間を訪問したのである。

「塔」を経巡るうちにさまざまな歴史上の人物と出会い、最後に男の子を連れていた女の首に首斬り役の斧が振り下ろされ、「余の洋袴（ずぼん）の膝に二三点の血が迸しると思つたら」、「凡ての光景が忽然と消え失せた」。

ここで「余」は、物語空間から現実空間に戻る。この、現実界への帰還の不思議な感覚については、「狐に化かされた様な顔をして茫然と塔を出る」や「自分ながら少々気が変だと思つてそこ〱に塔を出る」などと繰り返されている。そして、「無我夢中に宿に着いて、主人に」塔の見物について話すが、その会話によって、「余の空想の一半は倫敦塔を見た其日のうちに打ち壊はされて仕舞」い、さらに主人との会話を続けて「是で余の空想の後半が又打ち壊はされた」のである。この物語は、「主人は二十世紀の倫敦人である」という主人評と、「夫からは人と倫敦塔の話しをしない事に極めた。又再び見物に行かない事に極めた」という文章で締めくくられている。

思えばこの作品の冒頭には、異界訪問の一回性についても書かれていた。

二年の留学中只一度倫敦塔を見物した事がある。其後再び行かうと思つた日もあるが止めにした。人から誘はれた事もあるが断つた。一度で得た記憶を二返目に打壊はすのは惜い、三たび目に拭ひ去るのは尤も残念だ。「塔」の見物は一度に限ると思ふ。

後の章にも触れるが、この一回性もまた、異界との往還に多く見られる重要な条件の一つである。

作品自体は先ほどの文章で終えられたが、作者は以下のような文章を加えている。

此篇は事実らしく書き流してあるが、実の所過半想像的の文字であるから、見る人は其心で読まれん事を希望する、塔の歴史に関して時々戯曲的に面白さうな事柄を撰んで綴り込んで見たが、甘く行かんので所々不自然の痕跡が見えるのは已を得ない。

（略）

塔中四辺の風致景物を今少し精細に写す方が読者に塔其物を紹介して其地を踏ましむる思ひを自然に引き起させる上に於て必要な条件とは気が付いて居るが、何分かゝる文を草する目的で遊覧した訳ではないし、且年月が経過して居るから判然たる景色がどうしても眼の前にあらはれ悪い。従つて動ともすると主観的の句が重複して、ある時は読者に不愉快な感じを与へはせぬかと思ふ所もあるが右の次第だから仕方がない。

何やかやと言い訳は為されているが、どうやら当初より、現実の「倫敦塔」の訪問記は企図されていなかったようである。作者は確信犯的に、主観的な物語の世界を現出させた。作中の「余」は、あくまでこの物語空間に意図的に迷い込み、やがて出て来たのである。現実の「倫敦塔」ならば、その後何度も訪れても構わないであろうが、このような物語体験は、「余」の想像に働きかける材料の制約があるので、二度訪れるようなものではないのであろう。これが「余」が二度と「倫敦塔」を訪れなかった真の理由ではないか。

夏目漱石（なつめ・そうせき　一八六七〜一九一六）
江戸牛込馬場下（現在の新宿区喜久井町）生まれ。本名は金之助。帝国大学英文科卒業後、松山中学、五高等で英語を教えた後、英国に留学。帰国後、一高、東大で教鞭をとる。一九〇五年に『吾輩は猫である』を発表、大評判となる。以降、『坊っちゃん』、『草枕』など話題作を発表。一九〇七年には、東大を辞して新聞社に入社、専業作家となった。最後の小説『明暗』の執筆中に胃潰瘍が悪化し永眠。享年五〇。

「倫敦塔」
初出は、『帝国文学』（一九〇五年一月号）。その後、『漾虚集』（大倉書店・服部書店、一九〇六年）に収められた。現在は『倫敦塔・幻影の盾　他五篇』（岩波文庫）、『倫敦塔・幻影の盾』（新潮文庫）などで読むことができる。

三、岡本かの子「巴里祭」

パリもまた、近代の日本人にとって最大の憧れの場所であり、最大の異界であった。近代における日本人のパリ体験の全体像については、今橋映子に『異都憧憬　日本人のパリ』（柏書房、一九九三年一一月）の大著があるが、このタイトルの「異都」と「憧憬」が、日本人のパリに対する基本的なスタンスを端的に示している。

岡本かの子に「巴里祭」（『文学界』一九三八年七月）という作品がある。淀嶋新吉というパリ滞在邦人の物語である。彼は、一六年前、店頭装飾の研究のために若い妻を日本に残してパリにやってきたが、この異界の擒（とりこ）になり、今もパリに居続けている。日本の留守宅を預けている妻との連絡も途絶えたわけではないが、それにしても、一六年とは長い年月である。

> 一年足らずのうちに新吉はすつかり巴里に馴染んでしまつた。巴里は遂に新吉に故郷東京を忘れさせ今日の追放人（エキスパトリエ）にするまで新吉を捉へた。（略）次の年の巴里祭前にも彼が留学の目的にして来た店頭装飾の研究には何一つ手を染めてゐなかつた。その代り二人の女が生活にもつれて彼のこゝろを綾取つてゐた。一人は建築学校教授の娘カテリイヌ。一人は遊び女のリサであつた。それからまだその頃は東京に残して来た若い妻も新吉のこゝろに残像をはつきりさせてゐた。かへつてそれが新吉の心にある為めに、フランスの二人の女の浸み込む下地が出来てゐたとも言へやう。

このカテリイヌとリサという二人の女性との出会いが彼をパリに引き留めた主要因ではあるが、それがただ女性との盲目的な恋愛という範疇に止まらない意味を持つために、一六年もの時間が流れたのも事実である。

それは、新吉の日本人としての自己同一性の揺らぎに起因する。新吉にとって、日本の妻とこれらの女性との対比は、異文化体験の最たるものであった。

巴里に馴染むにつけて新吉は故国の妻の平凡なおさな顔が物足らなく思ひ出されて来た。

特色に貪慾な巴里。彼女は朝から晩まで血眼になつて、特性（キャラクテール）！　特性（キャラクテール）！　と呼んでゐる。

妖婦、毒婦、嬌婦、瞋婦——あらゆる型の女を鞭打つてその発達を極度まで追詰める。

ミスタンゲット、——ダミヤ、——ジョセフキン・ベーカー、——ラツケル・メレール。「聖母マリアがもし現代に生れてゐたら」とカジノ・ド・パリの興行主は言つた。「わたしは彼女を舞台へ誘惑することを遠慮しないだらう。」

隣人であるベッシエール夫人の最後の夫であるジョルジュと再会した新吉は、彼から「——あんな洒脱な女はありませんよ。あれと暮して居ると、本当に巴里と暮してゐるやうですよ」という言葉を聞く。要するに、女性はパリそのものなのである。

物語は、リサが新吉のパリ祭（フランス建国記念日）のお相手にと送り込んだ娘が、カテリイヌの私生児であったという「オチ」をもって終焉に向かうが、新吉の一六年のほとんどが、カテリイヌへの憧憬に彩られていたことを思えば、カテリイヌの幻想こそが、彼にとってのパリそのものであるということになる。この物語は、新吉が、パリという幻想の物語から一六年かかって抜け出るものというわけである。

ただし新吉は日本に帰るわけではない。逆に、日本から妻を呼び寄せる予定が示されて物語は閉じられている。ここにも、パリは場所というより、そこに住む女性と一体であることが示されている。新吉は、このパリに準えられる女性という不可解な異界に迷い込み、一六年かかってそこから抜け出し、妻の許に帰るのである。

なお、作品自体にも、以下のとおりパリの異界性は明示されている。

新吉はおもむろに内心で考へ始めたのであつた——巴里はあらゆる刺戟を用ひて一旦人の心を現実世界から遊離させる。極端なニヒリストにもする。しかし其の過程の後に巴里が人々を導く処は、人生の底の底まで徹底した現実世界、または真味な生活境ではなからうか。フェルナンドが「巴里の山河性」と言つたのは其処なんだな、俺もどうやら人生の本当の味を、これから巴里に落ち付いて、味つて行けるやうになるらしいぞ——。(ママ)」

パリのもう一つの顔は、「徹底した現実世界」のそれであった。だから新吉は妻をここに呼び寄せるのであろう。同じパリが、異界でもあり、現実界でもある。これは、考えてみれば当然のことで、パリに住む人にとってそこは異界などではなく生活空間にすぎない。作者が暴きたかったのは、近代の日本人という田舎者にとってのパリが虚像であるという事実なのではなかろうか。このことは、パリに限らず、ヨーロッパやアメリカ合衆国などの多くの都市に共通する。日本人の近代化は、とりあえずの西洋化であったが、その態度が、これらの都市を先験的に異界として見立てたのである。

新吉の一六年とは、いわば、彼の近代化、西洋化のために必要な時間であった。我々のほとんどが、かつての彼と同じような視線でパリを眺めているのかもしれない。

異界とは、そこに絶対的に存在するものではなく、見る者によってその姿を変える、相対的な存在なのかもしれないことを、この作品は示唆している。

岡本かの子（おかもと・かのこ　一八八九〜一九三九）

神奈川県橘樹郡（現在の川崎市）にある豪商・大貫家に生まれる。兄・雪之助の影響もあり、跡見女学校在学中から短歌の投稿を始める。卒業後、漫画家の岡本一平と結婚、のちに芸術家となる長男・太郎を出産。歌人として作品を発表する一方で、仏教に関するエッセイなども多く残した。晩年に、芥川龍之介が登場する『鶴は病みき』で文壇に認められ、以降、脳溢血で倒れるまで、精力的に小説を発表。没後もその人気は収まらず、多くの遺稿が刊行された。

「巴里祭」

初出は『文学界』（一九三八年七月）、後に『巴里祭』（青木書店、一九三八年）。『巴里祭・河明り』（講談社文芸文庫、一九九二年）に掲載されたほか、『岡本かの子全集』（全一二巻、ちくま文庫、一九九四年）にも所収されている。

第二章 桃源郷の魔力

そもそも桃源郷は、陶淵明の「桃花源記」を出典とする理想郷を指すが、同じ理想郷でも、例えばトーマス・モアの「ユートピア」などとは異なり、現実世界との隔絶の度合いが高く、人が作ることができない世界のようである。「桃花源記」においても、漁師が太守の命で人を連れて再訪を試みるが、「遂迷、不復得路」、すなわち出来なかったことになっている。つまりそこは、往還を拒否する場所であった。また、漁師は「不足爲外人道也」、すなわちこの場所の存在を口外することを止められるが、これに反して話してしまうという、いわゆる禁忌譚の構造も持つ。

竜宮城などを容易に想起させる桃源郷であるが、近代小説においては、その存在性の真実味のためにか、多くは人跡稀なる山奥などに設定される。また桃源郷は譬喩語としても用いられ、家の中の一室などにも当てはまる。いずれも、主人公にとっては桃源郷であるが、必ずしも他者の共感を得ることが当然の場所でもないようである。そこには、桃源郷のもう一つの性格である、ユートピアのような社会ではなく、人の心の奥底に存在する像の反映であることが強く影響を及ぼしているようである。

一、泉鏡花「高野聖」

「高野聖」(『新小説』一九〇〇年二月)が、異界との往還の物語であることについては、誰しも異存のないところであろう。この小説は、いわゆる入れ子構造の語りの作品で、私という語り手が、汽車の中で一緒になった旅僧すなわち高野聖から聞いた話という枠組を持つ。

僧は、宿の夜のつれづれに、かつて富山の売薬の後を追って飛騨の山越えをした話を私に聞かせる。松本へ行く山越えの道が、途中で分岐している。本道は梅雨に水が出て水浸しになっている。一方、旧道は急な上りである。本来ならば本道を通るはずが、売薬が危険な旧道に入って行ったので、出逢った百姓に止められたにも拘わらず、僧も旧道を辿ることとする。この山越えが異界への道であるが、その入口近くには、さまざまな目印が設定されている。

まず僧を迎えるのは、大嫌いな蛇である。山道で「両方の叢に尾と頭とを突込んで、のたりと橋を渡して居る」のである。三度目に出逢ったのは、「胴体の太さ、譬ひ這出した処でぬら〳〵と遣られては凡そ五分間位尾を出すまでに間があらうと思ふ長虫」で、やむを得ずこれを跨ぎ先に進むが、気味悪さに冷や汗を流しながらも進むと、またもう一匹いる。それは、「半分に引切つてある胴から尾ばかりの虫」で、「切口が蒼を帯びて其で恁う黄色な汁が流れてぴく〳〵と動いたわ」とのことである。実に執拗な描写である。

そのうち目の前に大森林が現れる。ここを通り抜けようとする際に、もう一つの「通過儀礼」が僧を迎える。

鉛の錘とおもふ心持、何か木の実ででもあるか知らんと、二三度振つて見たが附着いて居て其まゝには取れないから、何心なく手をやつて掴むと、滑らかに冷りと来た。
見ると海鼠を裂いたやうな目も口もない者ぢやが、動物には違ひない。不気味で投出さうとするとずる〳〵と辷つて指の尖へ吸ついてぶらりと下つた、其の放れた指の尖から真赤な美しい血が垂々と出たから、吃驚して目の下へ指をつけてぢつと見ると、今折曲げた肱の処へつるりと垂懸つて居るのは同形をした、幅が五分、丈が三寸ばかりの山海鼠。

要するに、蛭(ひる)である。有名な場面で、金沢の泉鏡花記念館でもその場面の再現が常設展示されていた。

と最早や頸のあたりがむず〳〵して来た、平手で扱て見ると横撫に蛭の背をぬる〳〵とすべるといふ、やあ、乳の下へ潜んで帯の間にも一疋、蒼くなつてそツと見ると肩の上にも一筋。
思はず飛上つて総身を震ひながら此大枝の下を一散にかけぬけて、走りながら先づ心覚えの奴だけは夢中でもぎ取つた。

こうして何とかこの「儀礼」の入り口を通り過ぎるのである。そしてその後はさほどの苦労もなく、やがて、一軒の山家の前に出て、例の婦人と出逢うわけである。この山家での出来事については、今回は省略することとしよう。
その一夜を、煩悩から逃れるための呪文である「陀羅尼(だらに)」を一心に呪しながら過ごした僧は、無事に次の朝を迎えることができた。一度は修行を辞めて婦人のもとへ戻ろうとも思ったが、途中でこの山家に出入りする親仁に出会い、婦人の正体やこの場所の由来の一切を教えられる。親仁は手に鯉を持っていたが、それも、例の富山の売薬が婦人にちょっかいを出し、馬に変えられ、この親仁が売り、その価によって買われたものである。

この異界の出口は以下のように書かれている。

いや聴て、此の鯉を料理して、大胡坐で飲む時の魔神の姿が見せたいな。妄念は起さずに早う此処を退かつしやい、助けられたが不思議な位、嬢様別してのお情ぢやわ、生命冥加な、お若いの、屹と修行をさつしやりませ。)と又一ッ背中を叩いた、親仁は鯉を提げたまゝ見向きもしないで、山路を上の方。

この後、「油旱(あぶらひでり)の焼けるやうな空」が、山の巓(いただき)から雲が出て、雷がなり始める。

藻抜けのやうに立つて居た、私が魂は身に戻つた、其方を拝むと斉しく、杖をかい込み、小笠を傾け、踵を返すと慌しく一散に駈け下りたが、里に着いた時分に山は驟雨、親仁が婦人に齎らした鯉もこのために活きて孤家に着いたらうと思ふ大雨であつた。

こうして旅僧は無事に帰り、今、聞き手である私にこの物語を語っているというわけである。

そして最後に、私の視点による以下のような言葉が添えられている。

高野聖は此のことについて、敢て別に註して教を与へはしなかつたが、翌朝袂を分つて、雪中山越にかゝるのを、名残惜しく見送ると、ちら〳〵と雪の降るなかを次第に高く坂道を上る聖の姿、恰も雲に駕して行くやうに見えたのである。

ここで、ちょうど旅僧の、「藻抜けのやうに立つて居た、私が魂は身に戻つた」という体験を追うように、我々読者もまた、これが旅僧の作中人物への語りであったことを再認識し、さらには、この作中人物もまた、作者による語りの中の人物であったことにも気づかされ、読書行為という夢から醒め、現世に引き戻されるのである。

我々読者の魂もまた、「身に戻つた」のである。

これだけでも、「高野聖」が異界の入口と出口を明確に持つ、往還の物語であることは明らかであるが、もう少し詳しく見れば、そこにさらに民俗学的な徴（しるし）が置かれていたことに気づく。

僧が山に入る際に敢えて誤って選択した分岐の旧道の入口は、「草も両方から生茂つたのが、路傍の其の角の処にある、其こそ四抱、さうさな、五抱もあらうといふ一本の檜の、背後へ蜿（うね）つて切出したやうな大厳が二ツ三ツ四ツと並んで、上の方へ層なつて其の背後へ通じて居る」と描写されている。

大きな岩が並んでいたのである。一方、本来僧が選ぶべきであった本道にも水が出て河のようになってはいたが、飛び石が並んでいて、百姓はこれを飛び飛びに伝ってきたのである。

この石に注目してみよう。

久野昭に『異界の記憶——日本的たましいの原像を求めて』（三省堂、二〇〇四年三月）という書がある。オビの背には「境界の向こうへ／から」と書かれている。この書の第Ⅰ部第2章「隠国の旅（下）」に、「結界の石」という節があり、ここに以下のような記述が見える。

他界ないし異界の結界に、石がある。日常の世界からすれば、ここから先には行くなと警告する石である。だがまた、他界ないし異界から出てこようとする者に対しては、そこからこちらには来るな、（略）の石でもあろう。

また同じ章の「日本的他界」には以下のようにも書かれている。

日本には、古くから境の神がいた。その日本の境の神だった塞（さえ）の神が、中国大陸の行路神である道祖神に擬せられ、さらにはその道祖神への信仰が地蔵信仰と習合してきた。

確かに、村の入口（出口）などには、道祖神や地蔵が置かれていることが多い。また、それが形の不明な石であることもある。

このような「結界の石」の性格が、「高野聖」の異界の入口にも用いられていたのである。

もちろんこれは、入口に限ったことではなかった。先にも見たとおり、孤家で一夜を過ごした「高野聖」の旅僧は、婦人に、谷川に沿っていき、瀧になったら人家が近いと道を教えられ、そのとおりに来ると、そのとおり瀧が見えたので、人家への入口、すなわち山からの出口の石に膝を懸け、物思いにふけるうち、親仁と出会い、謎解きのような話を聞く。ここに見える「女夫瀧」についても、次のように書かれている。

真中に先づ鰐鮫が口をあいたやうな先のとがつた黒い大巌が突出て居ると、上から流れて来る颯と瀬の早い谷川が、之に当つて両に岐れて、凡そ四丈ばかりの瀧になつて哄と落ちて、又暗碧に白布を織つて矢を射るやうに里へ出るのぢやが、其巌にせかれた方は六尺ばかり、之は川の一幅を裂いて糸も乱れず、一方は幅が狭い、三尺位、この下には雑多な岩が並ぶと見えて、ちらちらちら〳〵と玉の簾を百千に砕いたやう、件の鰐鮫の巌に、すれつ、縺れつ。

描写はこの後も続くが、厳に裂かれた男滝と女滝の様子が、抱き合う男女のように映っているのである。これを目にして、僧は、改めて、孤家に戻ろうと決心し「石を放れて身を起した」瞬間、例の親仁に呼び止められたのである。

間一髪、僧は孤家に戻らずに済んだ。異界の出口にもまた、いくつもの岩が置かれていたのである。

泉鏡花（いずみ・きょうか　一八七三〜一九三九）

石川県金沢市下新町に生まれる。本名・鏡太郎。北陸英和学校中退。尾崎紅葉に師事、「夜行巡査」、「外科室」といった作品が評価され、「高野聖」で人気作家となる。代表作として、「照葉狂言」、「婦系図」、「歌行燈」などがある。明治・大正・昭和を通じて独自の境地を開き、幻想文学の先駆者としても評価されている。生誕一〇〇年の一九七三年には、金沢市が主催となり泉鏡花文学賞が創設され、毎年「泉鏡花の文学世界に通ずるロマンの薫り高い作品」に賞が与えられている。

「高野聖」

初出は『新小説』第五年第三巻（春陽堂、一九〇〇年）。一九〇八年には、『高野聖』が左久良書房より刊行された。現在では、『歌行燈・高野聖』（新潮文庫）、『高野聖・眉かくしの霊』（岩波文庫）、『高野聖』（角川文庫）などで読むことができる。

二、森敦「月山」

森敦の「月山」（『季刊藝術』一九七三年七月（夏季号））は、この年下半期（第七〇回）の芥川賞を受賞した作品である。この時森敦は満六一歳で、本来新人賞である芥川賞の当時最高齢の受賞者となった。

作品は、「わたし」という、何をしているのかよくわからない人間が、ある年の冬を、なぜか月山の注連寺という、往時は勢力を張りながら、今は荒れ果てている山寺に、寺を守る「じさま」とともに過ごす物語である。

この小説も、山という異界に入り、帰ってくる物語で、そのこと自体が、この小説の死と再生のモチーフを象徴する。初刊本には、「未だ生を知らず　焉ぞ死を知らん」という言葉が、エピグラフとしておかれている。主人公としての「わたし」は、死から再生へとの曲線をたどるが、これは、貴人が何らかの事情で都などから離れ、苦難の末、やがて元に戻るという話型、すなわち貴種流離譚とも、また浦島太郎型など一般の昔話とも構造を一にして、ある異界を訪れ、そこから現実界へと戻ることでもある。

舞台としての月山は、出羽三山の一として、羽黒山、湯殿山とともに、古来、霊場として著名である。この月山にある山寺に入った「わたし」をはじめ、作中に描かれるあらゆるものが、死と再生のモチーフの象徴体系に所属し、統一感を支えている。例えば作中に描かれる「ミイラ」しかり、「吹雪」しかり、「カメ虫」しかり、彼が滞在する寺の二階の障子張りの部屋が譬喩される「繭」もそうである。おそらく「セロファン菊」もそうであろう。寺自身が冬に入って壊れかけ、守られ、春に生き返ることを示す。

しかしこの極めて単純ともいえる作品構造が、読者に失望を与えることはない。むしろ作者は戦略として、敢えて構造を単純にしたとも考えられる。この単純な構造こそは、単純であるが故に、普遍へと繋がる道をも用意する。

もう少し具体的にその異界との往還の場面を見ていきたい。

「わたし」が「湯殿を背景とする真言の霊域とされ、古くから羽黒の天台とその栄えを競うところとなっていた」注連寺を訪れた際には、以下のような反応を得ている。

> わたしがその寺に行くと言うと、霧でなにも見て来なかったはずのばさままで薄笑いを浮かべるのです。いや、注連寺はいまは鶴岡市のある寺の宰領するところとなっていて、たまたまその方丈に紹介されたのが縁になったのですが、その方丈すらわたしの願いを許しながらも、なんだか薄っすらと笑ったのです。もの好きにもほどがある。顔はまァそんなふうでも、わたしは内心、そこまで落ちたのかと思われているような、蔑みに似たものを覚えさせられずにはいなかったのです。

先に述べたとおり、「わたし」は何をして暮らしているのかよくわからない男で、「すでに嚢中も乏しく、カネのはいるなんのあてもない」ので「いくらかは食いつなげるだろう」と思って注連寺にやってくる。貴種流離譚の主人公とはほど遠い存在である。

鶴岡市からバスに乗るが、「落合の鉄橋を渡るころからうとうととし、ときにイタヤの葉の繁みから深い渓流を見たような気がするものの、つい眠ってしまって大網に着いたのも知らずにいた」が、そこから新道を伝ってその道が尽きるところにある注連寺にたどり着くころには境内も暗くなっている。この道筋もまた、異界への道筋として常套と言えよう。翌朝になって初めて、境内や村落の様子に気づくのである。

「わたし」は訪問者であるが、村の人々にとっては、来訪者でもある。

この村での出来事についても、ここでは省略する。

やがて、一冬が過ぎ、友人が連れ戻しにやってくる。やがて、寺の「じさま」に見送られて、この村を去ることになるわけであるが、この場面には以下のような記述が見える。

いよいよ発つと言うと、寺のじさまも戻りは裏山にまわると言って、鍬を杖に足を曳き曳き、「ヨイショ、ヨイショ」と、声を上げながらついて来るのです。歩くとはいえないほどの歩き方ですが、それでもいつか独鈷ノ山と十王峠を結ぶ尾根が、あたりをおおって見えるようになりました。寺のじさまはちょっと立ち止まって、息を入れながら、

「ほれ、そろそろ栗林が見えるんでろ。あれと向こうのカラスの森の間を抜ければ、あとは一本道だて」

異界の人物が、日常の世界に帰る人物を送って、境界までやってきて、道筋を教える、という場面は、先に見た「高野聖」の孤家の婦人と旅僧の別れの場面とそっくりである。確かに人物関係は大いに異なっている。しかしながら、見送られて無事に戻る人物と、それを送る異界の村の人の関係は、そこから去る人間を成功者のように見せる点で、実によく似ている。

最後に「じさま」が次のように告げる。

「ここらで、おらほうも見えねくなるんでねえか。もう来ることもあんめえさけ、よう見てやってくれちゃ」

「また来てくれ」ではなく、「もう来ることもあんめえさけ」である。山中との往還は、

一度きりであることがその神秘性を高める。異界体験とは、この一回性にも特徴がある。一度きりであるからこそ、異界に行って帰って来たことに途方もない価値が生じるのである。

森敦（もり・あつし　一九一二〜一九八九）

熊本県天草生まれ。旧制第一高等学校中退。在学中に菊池寛に認められ、横光利一に師事した。二二歳の時に処女作『酩酊舟』の連載が始まる。同年、太宰治、中原中也らと同人誌『青い花』創刊に参加するも、作品の発表には至らず。戦後は創作活動をしていなかったが、一九七四年に発表した「月山」にて、第七〇回芥川賞を受賞。六二歳での受賞は当時最年長だった。以降、『鳥海山』、『意味の変容』、『われ逝くもののごとく』など、多くの作品を残した。

「月山」

初出は『季刊芸術』第二六号（一九七三年七月）。その後、『月山』（河出書房新社、一九七九年）が刊行された。一九七九年には『月山・鳥海山』（文春文庫）が刊行、二〇一七年には改版が刊行されている。

三、谷崎潤一郎「少年」

谷崎潤一郎の「少年」(『スバル』一九一一年六月)は、有馬学校尋常四年の塙信一という同級生の家を訪れた「萩原の栄ちゃん」こと「私」の体験した物語である。塙の家は次のような豪壮な構えである。

長いく塀を繞らした厳めしい鉄格子の門が塙の家であつた。前を通るとこんもりした邸内の植込みの青葉の隙から破風型の日本館の瓦が銀鼠色に輝き、其のうしろに西洋館の褪紅緋色の煉瓦がちらく見えて、いかにも物持の住むらしい、奥床しい構へであつた。

「私」はこの邸の座敷に招かれ、菓子などでもてなされる。この時「私」は「遠い不思議な国に来たやうな」気がしている。まるで竜宮城の浦島太郎である。

そのうち信一は、姉さんの人形や絵双紙なども見せてくれるが、やがてその姉、すなわち一三、四の女の子が駈け込んでくる。この姉が、この小説の真の主人公である。

やがて姉が西洋館の二階で弾くピアノが聞こえてくる。ここは、弟の信一でさえ、いたずらをするからと入ることが禁じられている禁忌の場所である。いつも錠が下りているということが、さらにこの二階を神秘の場所にしている。

ここに、有馬学校の一、二年上の「名代の餓鬼大将」たる仙吉という、「塙の家の馬丁の子」がやってきて遊びに加わる。そこで展開されるのはプロローグのような遊びである。「入学した当時から尋常四年の今日まで附添人の女中を片時も側から離した事のない評判の意気地なし、誰も彼も弱虫だの泣き虫だのと悪口をきいて遊び相手になる者のない坊ちやん」である信一が、この家では、仙吉を従えた「猛獣遣ひのチヤリネの美人」のような存在で、仙吉に「坊ちやんは縄で縛つたり、鼻糞をくツつけたりする」と怖れられている。「泥坊ごつこ」では、信一は仙吉を捕まえ、以下のように「拷問」している。

信一は、手を合はせて拝むやうにするのを耳にもかけず、素早く仙吉の締めて居る薄穢い浅黄の唐縮緬の兵児帯を解いて後手に縛り上げた上、其のあまりで両脚の踝まで器用に括つた。それから仙吉の髪の毛を引つ張つたり、頰ぺたを摘まみ上げたり、眼瞼の裏の紅い処をひつくりかへして白眼を出させたり、耳朶や唇の端を摑んで振つて見たり、芝居の子役か雛妓の手のやうなきやしやな青白い指先が狡猾に働いて、肌理の粗い黒く醜く肥えた仙吉の顔の筋肉は、ゴムのやうに面白く伸びたり縮んだりした。其れにも飽きると、

「待て、待て。貴様は罪人だから額に入墨をしてやる」

から云ひながら、其処にあつた炭俵の中から佐倉炭の塊を取り出し、唾吐をかけて仙吉の額へこすり始めた。

この残虐さは格別であろう。さらに客であるはずの「私」をも以下のような目に遭わせるのである。仙吉と「私」が旅人役で、狼に食い殺されるという遊びだという。先ず仙吉が食われ、やがて「私」の番が来る。

やがて信一は私の胸の上へ跨がつて、先づ鼻の頭から喰ひ始めた。（略）潤ほひのある唇や滑かな舌の端が、ぺろ〳〵と擽ぐるやうに舐めて行く奇怪な感覚は恐ろしいと云ふ念を打ち消して魅するやうに私の心を征服して行き、果ては愉快を感ずるやうに

なつた。忽ち私の顔は左の小鬢から右の頬へかけて激しく踏み躙られ、其の下になつた鼻と唇は草履の裏の泥と摩擦したが、私は其れをも愉快に感じて、いつの間にか心も体も全く信一の傀儡となるのを喜ぶやうになつてしまつた。

やがて私も俯向きにされて裾を剝がされ、腰から下をぺろ〳〵と喰はれてしまつた。

子供の遊びの残忍さについては、よく指摘されるところではある。また、多くの遊びがそうであるように、ここには別の要素も付随している。原初的なエロティシズムである。この日を皮切りに、「私」は信一と親しく交わるようになる。四、五日後には、姉の雛飾りを見に来いとの誘いがあり、仙吉と共に今度は姉を入れて四人で遊ぶことになる。それ以来、四人の遊びは次第にエスカレートしていく。その詳細は省くが、そのクライマックスの舞台が、例の西洋館の二階である。仙吉と「私」とは、今度は光子によって、蝋燭の燭台にされる。

「蠟燭を落さないやうに仰向いておいでよ」

と、額の真中へあかりをともした。私は声も立てられず、一生懸命燈火を支へて切ない涙をぽろ〳〵こぼして居るうちに、涙よりも熱い蠟の流れが眉間を伝つてだら〳〵垂れて来て眼も口も塞がれて了つたが、薄い眼瞼の皮膚を透して、ぼんやりと燈火のまた〻くのが見え、眼球の周囲がぼうッと紅く霞んで、光子の盛んな香水の匂ひが雨のやうに顔へ降つた。

そして弟信一も含めた三人が、この明くる日からは、光子の家来となる。その命令は、以下のようなものである。

「腰掛けにおなり」と云へば直ぐ四つ這ひになつて背を向けるし、「吐月峰におなり」と云へば直ちに畏まつて口を開く。次第に光子は増長して三人を奴隷の如く追ひ使ひ、湯上りの爪を切らせたり、鼻の穴の掃除を命じたり、Urine を飲ませたり、始終私達を側へ侍らせて、長く此の国の女王となつた。

ただしこれはあくまで「此の国」においてであり、仙吉は学校に戻ると「名代の餓鬼大将」なのである。

この小説の異界は、西洋館の二階に止まらず、ここにいう「此の国」という、特別の場であある。そこは光子という女王が支配する、かろうじて少年期にしか存在が許されていない時限的な国でもある。彼らの疑似性的な関係も、その条件の下でしか成り立たない。そしてこの時限性が、読者も共通して体験したある年齢の頃への郷愁をかき立てるのかもしれない。この小説においては、異界の一回性は失われているようであるが、少年時代という戻ることの不可能な時間の設定が、大きな意味で、異界の一回性を担保するのである。

思えばこの小説の冒頭には、わざわざ「もう彼れ此れ二十年ばかりも前にならう」と書かれていた。少年時代の時間は、二重の意味で、取り戻せないものである。それは、ただ過去であるがゆえばかりでなく、少年時代であるがゆえに、特別なのである。少年たちには、大人の常識という窮屈な制約の影響が及びにくい。より自由に、少年たちは異界に出入りする。その甘美な思い出は、大人になって失われてしまってから初めて、魅力的なものとして輝き始める。「此の国」とは、今となっては訪ねていくことができない場であるからこそ、憧れの対象となる。正しく、桃源郷なのである。

ちなみに、光子という名は、同じ谷崎の後の「卍」（『改造』一九二八年三月〜一九三〇年四月断続連載。休載は一九二九年五月、一一月、一九三〇年二月、三月。改造社から一九三一年四月に刊行した際、大幅改訂）の女主人公の一人、徳光光子を連想させる。ただし彼女は、女王ではなく、観音であった。

谷崎潤一郎（たにざき・じゅんいちろう　一八八六～一九六五）

東京・日本橋生まれ。東大国文科中退。大学在学中に創作を始め、同人雑誌『新思潮』（第二次）を創刊。同誌に発表した「刺青」などが高く評価され作家となる。西洋の影響を受けたモダニズム小説を発表していたが、関東大震災を機に関西へ移住して以降、日本的な作風へと変化していった。一九四九年、文化勲章受章。代表作に、「痴人の愛」、「春琴抄」、「卍」、「細雪」、「陰翳礼讃」などがある。一九六五年には、中央公論社主催で谷崎潤一郎賞が創設された。

「少年」

初出は『スバル』第三年第八号（一九一一年六月号）。同年、『刺青』（籾山書店）に掲載された。現在では、『潤一郎ラビリンス　Ｉ初期短編集』（中公文庫）、『刺青・少年・秘密』（角川文庫）で読むことができる。

四、宇野浩二「蔵の中」

「蔵の中」（『文章世界』一九一九年四月）は、小説を書くのを職業にしている「私」が、夏の虫干から思いついて、自分の着物が多く入れられている質屋の蔵で、大好きな自分の着物の虫干をしたいと申し入れ、ようやく許されて、質屋に通うという話である。小僧に案内されて初めてその質屋の二階に上がる際、「私」は殊更に次のような「通り抜け」の感覚を得る。

反古紙につつまれた著物の包みが幾層かの棚に順序よくならべられてゐる中を通り抜ける時、私は、まだ学校を出たての勉強ざかりの頃、母校の図書館の図書室に、教授の紹介で、はひつた時のことを思ひ出しました。あの時の嬉しさと似て又ちがつた、何ともいへぬ胸のをどるやうな爽やかさを私は感じました。それから思ふと、蔵の入り口の道具類の置いてあるところ、即ち、ヴァイオリンがまるで箒のやうに無闇にぶらさがつてゐたり、柱時計が博物館のお面のやうにならんでゐたり、ピアノやオルガンが置いてあるかと思ふと、その向うの隅の方には屑屋のやうに鍋や釜の類がころがつてゐたり、する部屋を通るときは、かなりの不快さを感じました。

さらにこの境界には、「私」を魅了する香りが漂っている。

私は、妙な性分で、子供の時分から、物の臭ひが妙にいろいろと何によらず好きで、油煙でも、石炭酸でも、畑の肥料の臭ひでも、さては塵埃の臭ひでも、それぞれの、(例外は無論ありますが、) 臭ひがそれぞれに好きなのです。(略) ところで、その反古紙の著物の包みの棚の部屋にはひるると、その包みの反古紙や、その中の著物や、さてはその著物の中にはさまれてある、樟脳、ナフタリン、それから部屋の中の塵埃などの臭ひが一しよになつて、それが私には何ともいへぬ物なつかしい臭ひとなつて私の鼻を打つのです。私は第一にそれが気に入りました。

これは異界への境界の「通り抜け」を示す感覚の一つであろう。「物なつかしい」という表現からも、この臭いが、「私」を過去の記憶へと導いていることも見て取れる。

嗅覚は、古来、記憶と結びつきやすい感覚とされる。例えば「プルースト効果」という言葉がある。プルーストの「失われた時を求めて」の中に、主人公がマドレーヌを紅茶に浸した時に嗅いだ匂いから、幼い頃を思い出す場面があり、ここから、ある特定の匂いや香りによって、過去の特定の記憶を鮮明に思い出されることが、こう呼ばれる。「私」にとっては、着物の保管されている蔵の中の匂いが、過去への通路の契機となるのである。

この小説の眼目は、この質屋の蔵に保存されている自分の着物を眺めながら、それぞれの着物にまつわる過去の女との挿話を想起するというものである。しかし例の如くここでもその詳細は省略する。

この小説には、もう一つ重要な挿話がある。これだけは過去の思い出ではなく、現在進行形の形で繰り広げられる、質屋の主人の妹である、出戻りの美人とのやりとりである。番頭や小僧たちから「ヒステリイ美人」と陰口を叩かれているこの妹が、「私」が小説家であることに興味を示したという話を聞いて、「私」はたいへん嬉しい気がする。そして、いよいよ毎日この家に来たいと考えるようになる。「蔵の二階で虫干を私がしてゐると、そこへ彼女が現はれて、そして……といふやうな、まるで十七八の少年が夢みるやうなこと」を考え、「楽しい気持ち」になったためである。

そして、おそらくその美人の小僧たちへの指示もあり、翌日から半年ぶりに再びこの蔵を訪れることを許される。半年ぶりに訪れた「薄暗い蔵の中」ではあるが、やはり、「二階のあの図書館の図書室めいた著物の反古紙包みの山の中にはひつて行きますと」、「人の物であるとは思ひながら、この反古紙包みがすべて著物をつつんであるかと思ふと、何といふ愉快な眺め、そして、それらから起こる何といふ懐しい匂ひでせう」と、視覚と嗅覚によって、この空間を楽しんでいる。

そして、過去の女との空想にふけり、「愛する蒲団の中でうとうとと眠つてしまひ」、「変な夢を見」た後、「あのヒステリイ美人」がこの二階にやってきて、言葉を交わす。こんなことがただ繰り返されるだけなのである。

ここまで読者にかなりの期待を抱かせてきた、この「ヒステリイ美人」と「私」の関係の展開は、私が女との会話の中で「四五日前の新聞で見たのですが、近頃の裁判所の判決例では、ヒステリイは十分離縁の材料になるさうですね」ということを話し、実にあっけなく終わりを告げる。そもそもこの小説の眼目は、話の回りくどさや、過去の女の思い出などの枝道に話が逸れること自体にあった。つまり、筋に期待する読者を混乱させること自体が、目的であるかのようなのである。それは譬えて言うならば、さまざまな挿話からなる物語の迷宮に読者を迷い込ませることが目的であったということでもある。この小説における迷宮は、着物が山と保管されている蔵の二階などではなく、いわば「私」の雑然たる一人語りの話の山にあったのである。

したがって、タイトルの「蔵の中」の蔵もまた、物語のしまってある格納庫のメタファーと捉えることができる。そしてこの蔵の中に入るのは、我々読者なのである。「私」は蔵に入り、そこで箪笥から一枚一枚、着物を引き出してくる。これは、小説家が挿話を一つずつ取り出してくることと重ね合わせることができよう。そのことを念押しするかのように、「私」が話す女との挿話群は、それぞれの着物にまつわる話である。この話の箪笥のさらなる容れ物こそが、蔵のメタファーである。さらにそこは、「私」自身をも容れる場所である。そこで「私」はさらに、質草である自らの蒲団に入ってさまざまの夢想をめぐらす。これもまた、小説家の自分語りを譬喩するものとも考えられる。すなわち自分の思い出話、しかも女をめぐる話をとくとくと、人が聴いていようがいまいが語る姿こそは、悪しき私小説作家への見事なる風刺となっている。或いはこの小説は、この私小説的空気への痛烈なる批判なのかもしれない。「蔵の中」に夢をむさぼる男とは、狭い文壇のしかも私小説的傾向に閉じ籠もる大正作家を象徴しているように思えてならない。

そういえば、この蔵の二階は「私」により、「図書館」に喩えられていた。これこそは実に周到に仕掛けられたこの小説の譬喩の体系を示すものであろう。

ところで、この小説における異界も、「少年」と同様、一回性を伴わない。「私」は何度もこの蔵を訪れている。着物と話の数だけ永遠に続くようなこの繰り返しは、しかしながら、同じ型の挿話の繰り返しでもある。饒舌な作者は、何度も同じような話を繰り返しているが、その「一枚一枚」の個性はさほど問題ではない。ここではむしろ、繰り返されることの情けなさのようなものに意味が込められていると考えられる。したがって、異界体験としては、一つの型にすぎない。

「少年」の西洋館同様、「二階」なる場所は、通常の生活空間からやや距離をおくために、特別の場所として設定しやすい。「私」が最後にこの二階を去る場面は、やはり物語る行為と絡めて、以下のように書かれている。

もういい加減に切り上げませう。つまらない話を、こんな風にしてゐたら、本当にどこまで行つて、おしまひになるやら、自分でも見当がつきません。今、しまひます。

そこで、私は、いつもよりずつと早く、そこをなるべく静かに手ばやく片づけて、そして店の間に人の少ない時を、見はからつて、二階から泥坊のやうにうかがつておいて、そつと梯子段をおりて、こそこそと逃げるやうに帰つて来ました。

これが「私」の、この異界と、永遠の繰り返しの呪術からの帰還の姿であった。

宇野浩二（うの・こうじ　一八九一〜一九六一）

福岡県福岡市（現在の福岡市中央区）生まれ。早稲田大学英文学科予科中退。在学中に『清二郎夢見る子』（白羊社書店、一九一三年）を出版。以降、「蔵の中」、「苦の世界」「子を貸し屋」といった作品が評価された。昭和に入った頃から精神を病み入退院をくり返すようになるが、一九三三年に「枯木のある風景」で復活。以降、小説だけでなく、文芸評論でも功績を遺した。戦前から戦後にわたり、長らく芥川賞の選考委員も務めた。

「**蔵の中**」

初出は『文章世界』（博文館、一九一九年四月）。同年、作品集『蔵の中』が、聚英閣より刊行された。現在は『思い川・枯木のある風景・蔵の中』（講談社文芸文庫）で読むことができる。

第三章 地方・郊外、近代が作った異界

日本の近代は、国会や政府、各省庁の置かれたことのみならず、皇居まで移転して、あらゆる実態を伴う中央化を遂げた東京を中心に発展した。大学や後に私立大学となる専門学校など多くの高等教育機関が東京に置かれ、地方の人間は若い時から次第に東京に集まり、対照的に地方は東京からはやがて別世界と見られるようになる。

多くの人が集まる東京には、多種多様の人々が住むこととなり、地方の人々は、その固有性を強めていく。人と人とのつながりや、伝承される慣習などに、自ずと差異が拡大していくこととなったわけである。

地方と郊外は、いずれも東京という中心に対する周縁であった。周縁は、中心から見れば異界である。本来、古い時代から生活や文化をそのまま継続している

はずの地方が、いろんな地方出身者の混じる東京から異界と見られることは、実に皮肉な視線ではある。

東京はその後もどんどん拡大し続け、いわゆる武蔵野の郊外も、その一部となった。しかしここが、東京市中とは異なる空間であることも確かである。ここはもう一つの小さな地方であった。そのため、東京の中心地からは、別の視線で再発見されることとなる。

この郊外も含め、東京という後から発展した中心から見られる異界としての地方の様相こそは、その地自身の異界性ではなく、現実界からの視線の中にこそ異界性を作り上げる要因があることを示してくれるのである。

一、夏目漱石「坊つちやん」

夏目漱石の「坊つちやん」（『ホトトギス』一九〇六年四月）は、東京生まれの「坊つちやん」が、「四国辺のある中学校で数学の教師が入る。月給は四十円だが、行つてはどうだ」と、卒業した物理学校の校長から相談され、松山らしきところへ赴任し、さまざまな出来事を体験し、最後に辞表を書いて東京に帰る物語である。このうち、「四国辺」という言葉には、東京の人間からのやや侮蔑の視線が窺える。

清と「車を並べて停車場へ着いて、プラットフォームの上へ出た」時、二人は恋人同士のような別れの場面を演じる。さらに海を渡りその土地に着いた際の記述は以下のとおりである。

> ぶうと云つて汽船がとまると、艀が岸を離れて、漕ぎ寄せて来た。船頭は真つ裸に赤ふんどしをしめてゐる。野蛮な所だ。尤も此熱さでは着物はきられまい。（略）事務員に聞いて見るとおれは此所へ降りるのださうだ。見る所では大森位な漁村だ。人を馬鹿にしてゐらあ、こんな所に我慢が出来るものかと思つたが仕方がない。

そうして、岸に降りて「磯に立つて居た鼻たれ小僧をつらまへて中学校はどこだ」と聞いたが、「知らんがの」と云われ、「気の利かぬ田舎ものだ。猫の額程な町内の癖に、中学校のありかも知らぬ奴があるものか」と怒っている。「野蛮な所」や「田舎もの」、「猫の額程な町内」には、東京の人間の地方に対する蔑視が殊更に書かれている。とにかくこの小説には、東京という都会と地方との二項対立的視線が目立ち、意図的に蔑視や差別的感情が描き込まれているように見える。

この冒頭場面と呼応するかのように、帰京の場面にも、以下のように、同様の視線が書かれている。

其夜おれと山嵐は此不浄な地を離れた。船が岸を去れば去る程いゝ心持ちがした。神戸から東京迄は直行で新橋へ着いた時は、漸く娑婆へ出た様な気がした。

このうち、「此不浄な地」「漸く娑婆へ出た様な」という表現にも、地方を見下した態度が窺える。「坊つちやん」は、この土地に赴任している間、ずっと、東京人であり続けたのである。この小説においては、彼は、徹頭徹尾、この土地に対する異邦人であった。そこには、東京人であるという自負の裏打ちがある。

作品冒頭部に戻ろう。まず最初に泊まった宿で、給仕をする下女から「どちらから御出になりました」と聞かれて「東京から来た」と答え、「東京はよい所で御座いませう」と云うから、「当り前だ」と「答へてやつた」というやりとりがある。ここに、「坊つちやん」の東京人としての矜恃は明らかである。その後も、この東京人が地方へ来てやったというような視線は、誇張して描き続けられる。それは、近代当初の日本人のヨーロッパ旅行における「赤毛布（赤ゲット）」ぶりのパロディであるかの如くである。

道中をしたら茶代をやるものだと聞いて居た。茶代をやらないと粗末に取り扱はれると聞いて居た。こんな、狭くて暗い部屋へ押し込めるのも茶代をやらない所為だらう。見すぼらしい服装をして、ズックの革鞄と毛繻子の蝙蝠傘を提げてるからだらう。田舎者の癖に人を見括つたな。一番茶代をやつて驚かしてやらう。おれは是でも学資の余りを三十円程懐に入れて東京を出て来たのだ。汽車と汽船の切符代と雑費を差し引いて、まだ十四円程ある。みんなやつたつて是からは月給を貰ふんだから構はない。田舎者はしみつたれだから五円もやれば驚ろいて眼を廻すに極つて居る。どうするか見ろ（略）。

ここに見られる東京と地方の対比は、優劣差の念押しのようでありながら、その実は、それが「坊つちやん」の「親譲りの無鉄砲」ぶりの延長であることをも示す。東京者として優位に立とうとすればするほど、その愚かさぶりが露呈されるのである。

このような心理こそは、他郷に入る者にありがちの、見栄と恐怖の綯い交ぜになった、独り相撲に近い混乱によるものであろう。異郷はそれほども、他の者を排除する目に見えない力を発現するのである。思えば「坊つちやん」の物語も、この眼に見えない他郷の力と独り相撲を取り、徹底的に負け続け、負け惜しみの後に東京に逃げ帰るというものだったのである。

夏目漱石

三二頁参照。

「坊つちやん」

初出は雑誌『ホトヽギス』（第九巻第七号、一九〇六年四月）。一九〇八年一月に春陽堂より刊行された『鶉籠（うずらかご）』に収録された。現在は、『坊っちゃん』（岩波文庫）、『坊っちゃん』（新潮文庫）などで読むことができる。

二、志賀直哉「城の崎にて」

「城の崎にて」(『白樺』一九一七年五月)を小説と見るかどうかは難しい問題である。私小説なるものが、隣接する随筆という分野との境界を明確にしないからである。しかし、私小説という範疇を認めるならば、随筆と区別する指標がないわけではない。それは、虚構における構成意識の強弱である。ここでは、虚構自体が、非現実を謂う言葉ではなく、現実界とは別に虚の世界を文字だけで構築することを意味する言葉である。それならば、「城の崎にて」もまた、物語の構造に通ずる構成意識を持って書かれたと見なすことも強ち無理ではなかろう。

主人公は、「山の手線の電車に跳飛ばされて怪我をした、其後養生に」、「一人で但馬の城崎温泉へ出掛けた」。小説の舞台はずっと城崎温泉であるが、この東京での怪我が、主人公を城崎へと導く。また、最後は以下のように締めくくられている。

> 三週間ゐて、自分は此処を去つた。それから、もう三年以上になる。自分は脊椎カリエスになるだけは助かつた。

このとおり、やはりこの異界から、現実界へと帰還を果たしている。さらに興味深いのは、それから「三年以上」経っているという記述である。これにより、空間のみならず、時間までも、或る枠の中に収められる。

城崎温泉は多くの作家に愛された温泉地である。島崎藤村の「山陰土産」(『大阪朝日新聞』一九二七年七月二〇日〜九月一八日)には、都会から遠く離れた場所であることの具体的な感覚を示す以下のような記述も見える。

京都から福知山を経て城崎の間を往復した昔は、男の脚で四日、女の脚ならば五日路といつたものであると聞く。大阪からするものは更にそれ以上に日数を費したであらう。（略）

何よりもまづ私達の願ひは好い宿について、大阪から城崎まで七時間も汽車に揺られつゞけて行つた自分等の靴のひもを解くことであつた。

この温泉の特徴は、ほとんどの宿に内湯がなく、湯治客は外湯を巡ることが基本的な入浴スタイルになっている点であろう。泉鏡花「城崎を憶ふ」（『文藝春秋』一九二六年四月）には「此の景勝愉樂の郷にして、内湯のないのを遺憾とす、と云ふ、贅澤なのもあるけれども、何、青天井、いや、滴る青葉の雫の中なる廊下續きだと思へば、渡つて通る橋にも、川にも、細々とからくりがなく洒張りして一層好い」と書かれている。その風習のために、他の温泉郷以上に活気溢れる温泉街の様相を呈している。

思えば多くの作家たちが故郷を出て東京という出版文化の中心に移り住んだのに対し、志賀直哉は、奈良を中心に関西に長く住み、やがて東京に戻った作家である。この事情は、谷崎潤一郎にも共通する。関東大震災で焼け出されて関西に移り住んだ谷崎も、京都や阪神間に長く住んだ後、東京ではないが、晩年は熱海に移り住んだ。この二人に共通するのは、生涯東京言葉を話し、東京が自らの根源であることを守り通した点であろう。

加えて、異郷体験が作品群を豊かにしている点も挙げることができよう。

つまり、「城の崎にて」は、志賀直哉自身の城崎温泉逗留をただ随筆として語ったものではなく、自らもまた東京出身で、東京に強い愛着を持っていたにも拘わらず、生涯の多くを東京以外の地方に暮らし、心情的には東京への回帰願望を常に描いていた作家であることを譬喩するかのような、東京と地方との往還関係により枠が与えられることによって、物語として整備された作品だったである。

あたかも個体発生が系統発生をなぞるかのように、「城の崎にて」は、志賀直哉の東京と異郷との往還を凝縮していたのである。

志賀直哉（しが・なおや　一八八三〜一九七一）

宮城県石巻町生れ、東京府育ち。学習院高等科を経て東京帝国大学文学部中退。在学中に、武者小路実篤、里見弴、有島武郎、柳宗悦らと同人雑誌「白樺」を創刊。白樺派を代表する小説家のひとり。「小説の神様」と呼ばれ、多くの作家に影響を与えた。代表作に、『和解』『城の崎にて』『暗夜行路』などがある。一九四九年、文化勲章受章。

「城の崎にて」

初出は同人誌『白樺』（一九一七年五月号）。その後、作品集『夜の光』（新潮社、一九一八年一月）に所収された。現在は、『城の崎にて・小僧の神様』（角川文庫）、『小僧の神様・城の崎にて』（新潮文庫）で読むことができる。

三、深沢七郎「みちのくの人形たち」

深沢七郎「みちのくの人形たち」は、『中央公論』に一九七九年六月に発表された、いわずもがなの現代小説である。しかしながら、舞台が東北の「道の奥」の、車でしかいけないような山奥であることと、中心となる話の内容のやや時代離れした民俗性とから、読者は不思議な時代感覚に襲われるであろう。この曖昧な時代感覚の印象こそ、この作品の最大の性格である。

作品に書かれた内容は、東京にいると思われる「私」という語り手が、或る東北の男性の訪問を受け、河原左大臣の歌に「みちのくの、しのぶもじずり」と歌われた草花を移植できるかどうか、庭の土を調べた結果、どうも無理であろうとわかり、その代わりに、と、東北の家の裏山のもじずりを見に来てほしいと誘われて、その家を訪れ、その家で、屏風に纏わる不思議な体験をして帰ってくる、というものである。その不思議な体験とは、いわゆる間引きという、古い時代からの風習に関わっている。男の家には、お産が近づいた村人たちが、屏風を借りに来る。間引きをした家では、この男の家の屏風で、いわゆる「逆さ屏風」を立てるのである。たとえこの風習が現代に引き継がれていたとしても、それが隠されるべき風習であることはいうまでもあるまい。

この小説は、まさしく「日曜日のしずかな午後」のような、実に平易な語り口で始まる。語り手は、作者らしき「私」という人物である。おそらく早くも冒頭第一行で、読者はこの「私」という存在の言葉を全面的に受け入れ、これを信頼するであろう。このような語り手への信頼感が出来上がれば、あとは、この世にありそうもないことを描いても、語りの力で、読者はそれを受け入れるであろう。ここから、この小説に「私」という語り手が導入されたのは、そのリアリティー確保のためであったという見方ができる。

さらに、この小説を特徴づけているのは、まず冒頭から、「もじずり」という花を見せようと男が語ることにより、百人一首の「みちのくのしのぶもじずり誰故にみだれそめにし我ならなくに」という著名な歌を書き込み、ある先行するテクストによって、話をやや文学エッセイ風に構成しているという性格である。これは、プレテクストの利用と呼ぶべき手法で、作品世界が、先行するテクストの世界を取り込むことにより、重層的になるという効果をもつ。またこのプレテクストの導入は、作中に時代の往還をも用意するので、読者も作品の時代感覚を揺らされるのである。これは、作品の末尾に浄瑠璃の「いろは送り」の語句を持ち込むことでもう一度用いられる効果手法である。「いろは送り」と聞けば、『菅原伝授手習鑑』の「寺子屋」の段で、松王丸という中心人物が、菅丞相、すなわち菅原道真の子菅秀才の首の代わりに、我子の首を刎ねさせ、偽の首実検をし、そのあと亡骸に向って焼香する場面を思い浮べるかもしれない。作中に描かれる子供の死の連想と、焼香と線香のいずれも死に関わる香りの連想が、このプレテクストを書き込ませたのではないかと考えられる。ただし、小説に書かれた文句は、『菅原伝授手習鑑』のそれとは違っている。どうやらおそらくこれは、作者の創作の歌詞らしい。確かに、『菅原伝授手習鑑』なる名はどこにも書かれていない。

話の中心である屏風が登場する場面には、実に明確な構成意識が認められる。それは、謎と謎解きによる読者の牽引という、小説に常套的なテクニックである。我々は、作品冒頭から、「私」という語り手の視線に寄り添うことを強制されている。ところが、この語り手は、作中においての行動者でもある。したがって、我々の視線は、作品世界全体を俯瞰できるわけではなく、この「私」の行動にともなう視線に限定される。つまり、「私」が知らないことは、我々読者も知らない、という構造になっている。そのために、まずこの東北の男の素性が隠され、旦那さまという呼称の謎が「私」を通して読者にも仕掛けられ、次々に謎が積み重ねられている。屏風の謎もその一つである。このような視線の限定による謎の設定は、後の間引きの風習の提示にとって、効果的な伏線であることは明らかであろう。これも、「私」の体験どおりの素直な記述順序と捉えるより、やはり、主たる話柄である間引きを語るための念入りな作者の工夫であると捉えられる。

例えば、「私」が男のあとについて、昨夜お産があった家を訪れる場面は、次のように書かれている。

家の中に入ると、すーっと線香の匂いがしてきた。お産があると線香をあげる習慣かもしれない。(略)なにげなく、婆さんの横をみると、あの屏風が立っている。そのかげにお産の終ったヒトが寝ているのだろう。私は屏風を眺めて、あッと、声を出すところだった。屏風は逆さに立っているのだ。「逆さ屏風」は死者の枕許に立てるのだ。間違いではないかとじーっと見つめた。(略)誰か、亡くなったのではないかと思った。さっき、線香の匂いがしたのも、ハッと胸をうった。それにしても入口で「母子とも変りありません」と言ったのだ、(略)私は、なにか不吉のことがあると思った。だが、これは、ぜんぜん知らない土地で、知らない家のことなのだ。

ここに書かれた「私」の混乱を、読者も同様に同時に体験するような構成になっているわけである。それが「知らない土地」の「習慣」であるという設定が、私の理解をよけいに妨げる。この非日常性自体は、あたかも昔話や伝説などの特殊な話と同様であり、「語り」だけが現代的なのである。

思えばこの作品は、昔話の構造を見事に備えている。作品全体についても、最初に「私」が、或る男の訪問を受けたという場面を導入部として、あとは、「私」が、東北の山奥という、あまり他境の人間が訪れないと設定された空間へ入っていき、最後に戻ってくる、という構造を持つ。これも異境・異界と現実界との往復の物語と呼ぶことができよう。
この空間設定に加え、先にも述べたとおり、時間設定においても、昔話とよく似た手法が使われている。我々が昔話の「昔」の時点を特定できないことと、小説の時代感覚の曖昧さは似ているのである。これらは作者が虚構として提出しようとした際の方法の最大のものと考えられる。作者はいわば現代の昔話を作り上げたのである。

深沢七郎（ふかざわ・しちろう　一九一四〜一九八七）
山梨県生まれの小説家でありギタリスト。一九五六年、「楢山節考」で第一回中央公論新人賞受賞。以降、作家活動に入る。一九六〇年、「中央公論」に発表した「風流夢譚」がきっかけで中央公論社長宅が右翼に襲撃された嶋中事件が起こる。それをきっかけに一時筆を折り、放浪生活に入った。その後一九八〇年に「みちのくの人形たち」を発表、翌年、本作で谷崎潤一郎賞を受賞した。

「みちのくの**人形たち**」
初出は『中央公論』（一九七九年六月号）。翌年、この作品を表題作とした短編集『みちのくの人形たち』が刊行される。現在は『みちのくの人形たち』（二〇一二年、中公文庫）で読むことができる。

四、太宰治「津軽」

「津軽」(『津軽』小山書店、一九四四年一一月、新風土記叢書7)は、太宰にとって複雑な距離をもつ場所を舞台とする物語である。この土地すなわち津軽に生まれた太宰は、しかしながら、生まれ故郷の金木以外は、さほど詳しく知らない。学生時代から東京に住み、主に都会で暮らしてきた太宰にとって、津軽は、故郷でありながら、異郷でもあった。「序編」冒頭には、以下のように書かれている。

或るとしの春、私は、生れてはじめて本州北端、津軽半島を凡そ三週間ほどかかつて一周したのであるが、それは、私の三十幾年の生涯に於いて、かなり重要な事件の一つであつた。私は津軽に生れ、さうして二十年間、津軽に於いて育ちながら、金木、五所川原、青森、弘前、浅虫、大鰐、それだけの町を見ただけで、その他の町村に就いては少しも知るところが無かつたのである。

このような二重性を持つ土地を、じっくりと訪れる機会がやってくる。津軽の風土記を執筆するためという理由で、取材旅行が用意されたのである。この時期の太宰は精神の平衡を保ち、冷静な視線で自らの故郷を眺めることができている。とりわけ、幼い頃に世話になった奉公人のたけとの再会の場面は実に温かく、感動を呼び起こす。

「修治だ。」私は笑つて帽子をとつた。
「あらあ。」それだけだつた。笑ひもしない。まじめな表情である。(略)けれども、私には何の不満もない。まるで、もう、安心してしまつてゐる。足を投げ出して、ぼんやり運動会を見て、胸中に一つも思ふ事が無かつた。もう、何がどうなつてもいいんだ、といふやうな全く無憂無風の情態である。平和とは、こんな気持の事を言ふのであらうか。もし、さうなら、私はこの時、生れてはじめて心の平和を体験したと言つてもよい。

このような感動は、久しぶりに故郷の知人を訪れる者には多かれ少なかれあるものかもしれないが、「平和」という言葉に象徴されるように、ここでの太宰らしき「私」という主人公とたけとの再会には、それ以上の何かがある。

作中の「私」にとって、たけとはどのような存在なのであろうか。津軽とは、「私」にとって、どのような場所なのであろうか。

本編の一「巡礼」の冒頭は、以下のような会話から始まる。

「ね、なぜ旅に出るの？」
「苦しいからさ。」
「あなたの（苦しい）は、おきまりで、ちつとも信用できません。」

これは、ごく私的な理由である。一方、作者太宰には、「序編」にもあるとおり、「昭和の津軽風土記」を書くという公的な目的があった。ただ、風土記と言っても、「地勢、地質、天文、財政、沿革、教育、衛生などに就いて、専門家みたいな知つたかぶりの意見は避けたい」と思っている。そのようなものではなく、「愛」、すなわち「人の心と人の心の触れ合ひを研究する」ための旅行であったとも書かれている。

このような目的が語るのは、おおよそ、太宰らしき「私」なる人物の脱日常願望であり、現実界において失望している「愛」の取り戻しとも言うべき願いであろう。その意味で、「苦しい」日常を出て、彼自身の桃源郷を目指したとも考えられる。

その桃源郷は、究極のところは、たけの愛情の手の中にある。たけとの幸福な再会で、物語は急に閉じられる。これは、彼が桃源郷にたどり着いたことを示す。では、「私」はその世界に行ったなりであったのか。そうではない。この物語が「新津軽風土記」として書かれ、読者に届けられたからである。最後に作者らしき人が登場し、以下のように述べる。

さて、古聖人の獲麟を気取るわけでもないけれど、聖戦下の新津軽風土記も、作者のこの獲友の告白を以て、ひとまづペンをとどめて大過ないかと思はれる。まだまだ書きたい事が、あれこれとあつたのだが、津軽の生きてゐる雰囲気は、以上でだいたい語り尽したやうにも思はれる。私は虚飾を行はなかつた。読者をだましはしなかつた。さらば読者よ、命あらばまた他日。元気で行かう。絶望するな。では、失敬。

この最後の文章こそは、物語世界からの作者らしき「私」の「帰還」を意味するであろう。

ちなみに、ここにいう「獲友」とは、「私」の「愛」の確認と友としての改めての獲得を指す。この文章の直前に、「私」は次のように書いている。

見よ、私の忘れ得ぬ人は、青森に於けるT君であり、五所川原に於ける中畑さんであり、金木に於けるアヤであり、さうして小泊に於けるたけである。（略）私は、これらの人と友である。

なぜこのような「友」の確認が必要であったのか。おそらくそのような友が、現実界では失われた存在だったからであろう。「私」にとって、愛ある桃源郷は、本州の北端、あるいは自らが幼かった過去の中にしか存在しないのである。それが彼にとっての異界である。

このような、現実世界からの逃避や、現実界との対比から相対的に浮かび上がる別世界への希望もまた、人々の異界憧憬を増長する大きな要素なのである。多くの読者がこの作品に惹かれるのは、その読者の中にも、現実界への違和と、原風景としての田舎や幼時の記憶の世界への郷愁が根付いているからに相違ない。したがって、異界を描く物語とは、読者の原風景への誘いをもその特性とするのである。

太宰治（だざい・おさむ　一九〇九〜一九四八）
青森県金木村（現・五所川原市金木町）生まれ。本名は津島修治。東大仏文科中退。在学中に左翼活動に関係するも挫折。その後、自殺未遂や薬物中毒を繰り返しながらも小説を発表、一九三五年に、「逆行」が第一回芥川賞の候補となる。翌年、第一創作集『晩年』を刊行。第二次世界大戦前から戦後にかけて、次々に作品を発表した。戦後に刊行した『斜陽』などで流行作家となるも、『人間失格』を残し、山崎富栄と玉川上水で入水自殺。

「津軽」
初出は『津軽』（小山書店、一九四四年一一月）。現在は『津軽』（新潮文庫）、『津軽』（角川文庫）などで読むことができる。

五、大岡昇平「武蔵野夫人」

「武蔵野夫人」(『群像』一九五〇年一月〜九月)の冒頭が、「はけ」の丁寧な地理的解説から開始されていることは、その特徴としてよく知られている。なぜこのような土地の殊更なる説明が必要だったのであろうか。主人公道子の父宮地信三郎という人物の背景を譬喩するにしても、詳細にすぎはしないであろうか。

本書の目論見から推論するに、やはりこの「はけ」および武蔵野という場所が、東京から見れば、「異界」であったことを格別に示しているのではないか。そして戦争からここに帰ってくる勉から見れば、道子は今となれば、異界に住む魔物だったのではないか。もちろんこのような読み方は、作品を「異界」に引き寄せすぎているかもしれない。しかしながら、東京に住む勉にとっては、この土地との往還が運命を変えたことも事実なのである。

勉は、道子の自殺した叔父の先妻の子で、従弟に当たる。元の家は中野にあったが、復員した後、焼け残った家と家財を処分し、継母とその子に財産を分け、「以前の学校の友達の家へ寄寓して気儘な学生生活を送り出」した。その実態は、「堕落した女学生との交際に身を任せ」ていたのである。この間、道子は、「はけ」に移り住むようにも勧めたが、その後もしばらく「はけ」には寄りつかないでいた。その理由を、作者は以下のように説明する。

彼が「はけ」に寄りつかなかったのが、幾分従姉を尊敬していたためであり、今日久し振りで訪問する気になったのが、そういう生活に倦きたためだとすると、彼もまだ少しは見込がある。

当然、この勉が「はけ」にやってくるようになって、「武蔵野夫人」の物語は動き始める。

彼が「はけ」の宮地家に通う道は、以下のようなもので、かなり丁寧に描写されている。

駅の附近に群れるパンパンとその客の間を素速く通り抜け、人気のない横丁を曲ると、古い武蔵野の道が現われた。低い陸稲の揃った間を黒い土が続いていた。（略）茶木垣に沿い、栗林を抜けて、彼が漸くその畠中の道に倦きた頃、「はけ」の斜面を蔽う喬木の群が目に入るところまで来た。

それは彼の幼時から見馴れた木立であった。樫、杉、欅など、宮地老人の土地の背後を飾る樹々は淋しい少年であった頃、彼の最も懐かしい映像であった。ここへ来ることだけが、その頃彼の楽しみであったことを彼は思い出した。

これが彼の異界への道である。人と多くの木々とを「通り抜け」ていることがわかる。さらに、宮地老人の土地は広く、「「はけ」の下道から、斜面の上を通る道に跨が」っていたので、木戸から入った後も、家までは小径を辿っていく必要がある。

隣の長作の地所から匍い出した孟宗竹の繁った縁の、山吹に囲まれた小さな凹地を見ると、勉は昔隠れん坊をして、道子と一緒にそこに隠れたことがあったのを思い出した。共犯の感情が、道子の体温と幼い髪の匂いと共に甦った。

そうしてこの思い出にふける中で、現在の道子をヴェランダに見つけるのである。ここには、既に、危険な香りが漂っている。というより、作者により、殊更に撒き散らされている。

後から見るとお嫁に行った頃とちっとも変らない。俺が帰って来た時は随分変な顔をしたっけ。でもすぐ喜んでくれた。俺が帰ってあんなに喜んでくれた人はない。そういえば出征する時だって泣いてくれたのはあの人一人だった。ここへ御無沙汰するなんて馬鹿だったかな。あの人だって伯父さんが死んでから淋しいだろう。一人ぽっちなのは俺とおんなじだ。

こう思った上で、道子の夫でスタンダール研究者である秋山の存在を思い出す。その後に作者は、以下のように注釈する。

勉が近親相姦的な『パルムの僧院』を読んでいなかったのは、秋山にとって倖せであった。読んでいたら、彼はこの時、すぐ彼の従姉に対する感情に別の名前をつける気になっていたかも知れなかった。

ちなみに次の第三章のタイトルは「姦通の条件」である。作者が読者に前以て事件の空気を知らしめていることは明らかであろう。

この後、勉は「はけ」に住んで、道子の母方の従兄妹である大野家の娘の雪子の英語の家庭教師に通うことになる。すなわち、勉は、「はけ」という竜宮城にしばらく滞在するのである。もちろん、武蔵野に海はないので、それは林中の桃源郷と呼ぶ方が近い。勉にとっては、竜宮城と桃源郷とは、むしろ等価と見るべきであろう。

ところで、勉にはもう一つの異界体験がある。ビルマ出征である。ビルマ山中の様子は、同じ異界として、武蔵野の「はけ」のそれに準えられる。

出征する前「はけ」を訪れて歩いた時、この辺は一帯の雑木林で楢やヌルデが美しく紅葉していた。その中へ何処までも入って行くと、舟で涯しない沖へ出るような感覚を味わったのを勉は憶えている。（略）

ビルマ山中の記憶が甦った。熱帯の樹は四季の別なく落葉し、林中の道は細かった。そこで勉は武蔵野の林を思い出し、今、六月の武蔵野の林ではビルマの叢林を思った。

ビルマはもちろん桃源郷などではない。しかし、勉にとって、いずれも日常を相対化する存在なのである。戦場ほど非日常ではないが、復員者である勉にとって、「はけ」は、現在の怠惰な日常を否定する特別の場所であり、そこに君臨するのが道子なのである。

やがて二人は、狭山への散歩にでかけ、急な暴風雨に見舞われて、村山のホテルで一夜を過ごすことになる。接吻までは許したものの、道子は勉を思い止まらせる。この小説のクライマックスを経て、勉は宮地家から離れることになる。

やがて勉は、「目黒と五反田の中間、目黒川が武蔵野台地の西縁に喰い込んだ浸蝕谷に臨んだ高台の崖端」にあるアパートに移る。ここから、一度、「はけ」の道子の許を訪れ、接吻を繰り返したが、将来一緒になる時まで、「誓い」を交わして別れる。その次は、裏庭の繁みの中から道子の姿を眺めただけであった。実はこの時、道子は、サイダーに溶かした大量の睡眠薬を飲んでいたのである。ただし勉はそれが何を意味するのかを推測するだけの気転を持たなかった。勉は道子と逢わずにその場を離れた。それが二人の永遠の別離であった。

この最後の場面の前に、「はけ」に向かう勉は、富士を眺めながら、復員者であることの「自責」と、道子と共に死のうかという考えが湧いて出た心の動きについて、次のような分析を行っていた。それは、「初めて復員後彼に憑いていた地理的興味が一種の感情的錯誤ではないか」と疑ったことに象徴されるとおり、彼にとっては、「地理的興味」が「復員者」としての自意識と、道子との関係との双方に関わる、彼の存在意義として受け止められていたのである。

俺が幾度も狭山に登って眺められなかった広い武蔵野台地なんてものも幻想にすぎないじゃないか。俺の生れるどれだけ前に出来たかわからない、古代多摩川の三角洲が俺に何の関係がある。あれほど人がいう武蔵野の林にしても、みんな代々の農民が風を防ぐために植えたものじゃないか。工場と学校と飛行場と、それから広い東京都民の住宅と、それが今の武蔵野だ。

自分の地理学的迷妄を打ち毀しながら、勉はいつか死の幻想からも逃れて行った。俺のような者でも、どうしても生きて行きたいとすれば、すべてそういう新しい基礎から出直さねばならぬ。

彼の心はまた道子に向いた。あの馬鹿馬鹿しい「誓い」にも、或いは意味があるかも知れぬ。どうにも改めることの出来ない社会に対して、或いはそうしてまず自分の心の方から定めて行くのが、生きる道かも知れぬ。それより道がなければ仕方がないではないか。

引用が長くなったが、ここにこの小説の構造は明らかであろう。これは戦後の人心の立て直しを、復員者と恋愛者の二つの例示を通じて、過去の地理的幻想から脱出することと類比的に指し示す話だったのである。

そうだとするならば、この「はけ」および武蔵野の意味合いは明らかであろう。人々が古来褒め称える武蔵野という場所こそは、現実には存在しない理想郷に過ぎない。道子が名詮自性として体現する「道徳」もまた同様である。道子は「誓い」を「道徳より上のもの」と述べていた。道徳が信じられない今、新しい価値基準を創出するしかない。

かくして「はけ」は「地理学的迷妄」の最たるものとして、冒頭に詳述されなければならなかった。物語はそれを打ち毀すために、勉という復員者をこの地に呼び入れたのである。そこに待っていたのは、旧道徳を体現しながら、「誓い」という新しい価値基準の可能性をも知っていたために、自死に追いやられた道子であった。この物語は、その理想郷の幻想が壊れたところで幕を閉じている。何の救いも与えられていない。

そこに抛り出された勉は、「一種の怪物」になることが示唆されている。この小説においては、異界の消滅は、現実界の勝利などといったものなどではなく、反対に、現実界が異界との対比の中で保ってきた均衡が破れ、ひたすら無秩序化に向かうことを示す物語と読むことができる。これはいわば浦島太郎の玉手箱の煙の、最も破滅的な解釈である。

ところで、ややおかしな言い方かも知れないが、武蔵野の景勝美の特徴は、視界が遮られることにあるようである。例えば横山信『撮影探勝武蔵野めぐり』(アルス、一九二二年六月)の「武蔵野の風趣」の冒頭には、以下のように書かれている。

武蔵野の地勢は、低い丘地と浅い谷窪との連続で、それが大きな波濤のやうに逶邐として起伏してゐる。(略)広い台地の凹凸の上に開らけた原野である。(略)台地の起伏が窮りないが為に、村落は野中一面に散布して、丘の上谷の窪に見えつ隠れつ、繡錯として何処までも打続き、高低参差した岡の為に遠い眺めは遮られ勝ちとなり、山影などは容易に望むことが出来ない。けれどもそれが畢竟此の野を美しく特色付けるもので、繰り返へし繰り返へし随所に見出される小谷戸小谷戸の複雑した断景などが、眼界の狭いそのなごやかな風致が、かへつて此の曠野の大きい自然を泌々と思はせる種である。(略)
や丶広い見晴らしに出たかと思ふと、路は忽ち林に蔽はれた部落に入り、林を通り抜けると、再びまた田畑の豁然とした眺めが開らけるといふ風である。

これが武蔵野である。国木田独歩の「武蔵野」(『国民之友』一八九八年一月〜二月)にも、「兎角武蔵野を散歩するのは高い処高い処と撰びたくなるのはなんとかして広い眺望を求むるからで、それで其の望は容易に達せられない。見下ろす様な眺望は決して出来ない。それは初めからあきらめたがい丶」と書かれている。
石川淳「佳人」(『作品』一九三五年五月)にも、武蔵野を眺望することの欲望が登場する。冒頭すぐに、「わたし」がユラに「おい、たうとう発見したよ、臍を、問題の臍をね。やつとつかまへてやつた。大発見だ。」と上ずった声で告げるのである。
この「臍」こそは、主人公がずっと探し続けていた、「展望の中心」なのである。

武蔵野では一点に立つて隈なく見はるかす高みとてはないにしても諸君の立つ任意の地点がをりをりの展望の中心になりうるであらう。しかしこの土地ではそのやうな地点をさへどこに見出さう。どの点に立つて見てもひとはいつも片隅にしかゐない。この行儀の悪い腹の上に臍——たはむれにさう呼んだのだが——を探すことは容易なわざではない。第一そんなものがあるかどうかも判らないながら、わたしはぜひそれを探し出して見ようと夢中になつて……だがいつたいどうしてかかるばかばかしいことを思ひ立つたものだらう。(略)

わたしの発見はひどくあつけないものであつた。（略）松は崖のそとへ太い幹をぬつと突き出して宙によこたはり、（略）幹にまたがり枝につかまつてからだを傾けたとたん一瞬にしてわたしは全景を領してしまつた。前に述べたごとく雛壇型に積まれてゐる地面のちやうど中程に挟まれた菱形の角に、たまたまこの崖が相当してゐたものか、わたしはその地点の上にわが身をななめに立てることに依つて景観をはすに切り取りあとはただその断面の上にわたしの首をちよつと突き出せばよかつた。かうして崖より上方の雛壇も高すぎる山岳とはならず、下方の雛壇も深すぎる谿谷とはならず、畑と杜と人家のさざまみのなかにわたしはただよひはじめた……

これも一種の異界体験であることは、云うまでもあるまい。

大岡昇平（おおおか・しょうへい　一九〇九〜一九八八）
東京牛込生まれ。京都帝大仏文科卒。一九四四年、召集によりフィリピンのミンドロ島に赴くも、翌年米軍の俘虜となり、レイテ島収容所に送られる。敗戦後の一九四九年、その戦場での経験を描いた『俘虜記』で第一回横光利一賞。小説家として、また翻訳家として活動した。主な小説に『野火』（読売文学賞）、『花影』、『レイテ戦記』（毎日芸術大賞）などがある。一九七一年、芸術院会員に選ばれたが辞退。

「武蔵野夫人」
初出は『群像』（一九五〇年一月〜九月）。翌年、『武蔵野夫人』（大日本雄弁会講談社）が刊行された。現在は『武蔵野夫人』（新潮文庫）で読むことができる。

第四章 時間と空間の歪み

日常空間の中に潜む不合理を暴く形で、異界を描く小説がある。不可逆的に流れるはずの時間が、逆流したり、間が抜けたりすることを、われわれは常に監視しているわけではない。ひょっとすると、時間は止まっていたり、他の人とは違う感覚で流れていたりするのかも知れない。しかし、我々がそれに気づくには、何らかのきっかけが必要である。

空間についても同様である。ふだん通る道の横に、知らない道があり、その先に知らない街があるかもしれない。

タイムマシンの可能性や、四次元の世界の存在など、時空を超えた世界への憧れは、現実空間における時間や空間の絶対的な存在感を揺るがせる。その揺らぎの魅力のために、これまで小説などにも多く描かれてきたのであろう。

一、谷崎潤一郎「蘆刈」

「蘆刈」（『改造』一九三二年一一月〜一二月）の冒頭において、作者谷崎は、自らを主人公と仮定させるような設定を開示し、読者の読みを誘導する。まず「あしかり」の歌が紹介された後、この小説は「まだをかもとに住んでゐたじぶんのあるとしの九月のことであつた。」という一文で物語を開始するのである。谷崎がかつて「岡本」に住んでいたことは、小説好きの読者にはよく知られるところであった。谷崎は一九二八年に和洋中折衷の大邸宅を新築したが、その後、借金と税金対策のため、一九三〇年秋、岡本梅ノ谷に家を売りに出し、二人目の妻古川丁未子と五月から九月まで高野山にこもった。この一九三二年二月には、魚崎横屋に移ったのを皮切りに、この後も阪神間を転々としている。この家転宅に関係していたのが、三人目の妻となる根津松子との関係である。「蘆刈」のヒロインであるお遊さまにそのイメージが強く重ねられているとされる。

作品には、さらに日本古典文学作品が並べられ、「わたし」が訪ねていく水無瀬が、歌枕としての、或いはトポスとしての風貌を強めていく。その実在性と、トポスとしての特別性に傾いた記述が、「わたし」という人物の実像を、ウヤムヤのうちに、ますます「谷崎」という固有名詞に近付けていく。

語り始められた物語は、「わたし」の興に沿って、やがて淀川の中洲という、或る中間地点に我々を誘い、そこに場が作られる。或る中間地点と述べたのは、そこがただの中洲ではなく、後鳥羽院を祀る水無瀬神宮のある水無瀬と、向こう岸の橋本という遊廓のある町との中間であるためである。これは聖なるものと俗なるものとの中間とも言い換えることができる。また、この世とあの世の中間といってもよい。またそこは山城と摂津の中間であり、「ひよつとすると（略）桂川が淀の本流に合してゐる剣先」かもしれないという、極めて「中間性」の高い場所である。これだけ重層的に語られる「中間地点」というのは、かなり象徴的な意味合いを持つことが予想される。この中洲に月を見る位置を決める際、作者は図らずも東京の隅田川の例を多く挙げている。ここに或いは谷崎の東京と関西との「中間」を見ることもできよう。とにかくこの場所は「中間地点」という、極めて曖昧な場所、曖昧さを属性とするトポスなのである。これを、境界という言葉に言い換えることはさほど不自然ではなかろう。

「わたし」が、特別の場所、いわばトポスを形成した上で、その「中間地点」についたところから、この物語は本格的に動き始める。そこに一人の男が登場する。というより、今までそこにいたのに気付かなかったが、急に、既にそこにいた、という形で登場する。

この小説の構造については、容易に夢幻能との類似が指摘できよう。男という存在が、その夢幻能の里人、実は霊を思わせるからである。念のため、『邦楽百科辞典』(音楽之友社、一九八四年一一月)によると、夢幻能のパターンとは具体的には次のようなものである。

現在能に対立する戯曲形式で、世阿弥の完成させた能独自の形式である。典型的な形としては、旅人が名所をおとずれると、そこへ里人がやって来る。里人は、問われるままにその土地に伝わる物語を語り、最後に、じつはその物語のなかの何某だといって中入する。夜半、旅人が待っていると、先の里人が往時の姿であらわれ、仕方話をしたり、舞ったりして夜明けとともに消え去る。そして、これはじつは夢だったとするのが典型であるが、夢と明記されないものもあり、その場合の霊は実在しているということになる。いっぽうは聞き手、いっぽうは演じ手という形で立役独演主義を通し、語る内容は、生前の恋物語や軍物語、神仏の徳や異界のできごとなどである。(略)似ていても、霊が現実的に扱われているもの(祈物・鬼退治物・霊験物)は夢幻能

とはいわず、現実と幻が交錯するところに特色を有する。（八嶌正治）

このとおり、この小説に形式上かなり類似している。すなわち、「わたし」がワキ僧で、「男」が仕手であり、これが対話の形で物語るという、極めて単純で類型的なものと見て取ることができるのである。ワキ僧と見れば、水無瀬行きという名所訪問型の舞台設定も容易に納得することができる。

さて、この小説は、お遊さまを中心に構成が為されている。かつて、男の父がお遊さまを恋していたが、互いの家の事情で婚姻はならず、お遊さまの妹であるおしずと父は婚礼を上げる。しかしそれは通常の夫婦関係ではなく、共にお遊さまに遠慮しての仮の結婚であったという物語である。結末の一段落に至って示されるのは、この男とお遊さまの関係である。しかしその謎解きは、以下の文章のとおり、時空に関する新たなる謎を「わたし」および我々読者に示すことになる。むしろ読者には深く考えさせないためにか、最後の一段落は一気呵成に語り上げられる。

そんなしだいでお遊さんはまもなく伏見へさいえんいたしましたが（略）左様々々、その母と申しますのはおしづのことでござりましてわたくしはおしづの生んだ子なのでござります。（略）と、さういつてそのをとこはしやべりくたびれたやうに言葉をとぎつて腰のあひだから煙草入れを出したので、いやおもしろいはなしをきかせていたゞいてありがたうぞんじます、それであなたが少年のころお父上につれられて巨椋の池の別荘のまへをさまよつてあるかれたわけは合点がゆきました、ですがあなたはそのゝちも毎年あそこへ月見に行かれると仰つしやつたやうでしたね、げんに今夜も行く途中だと云はれたやうにおぼえてゐますがといふと、左様でござります、今夜もこれから出かけるところでござります、（略）わたしはをかしなことをいふとおもつてでもゝうお遊さんは八十ぢかいとしよりではないでせうかとたづねたのであるがたゞそよ〳〵と風が草の葉をわたるばかりで汀にいちめんに生えてゐたあしも見えずそのをとこの影もいつのまにか月のひかりに溶け入るやうにきえてしまつた。

この呼吸の見事さは、説明不要であろう。

ちなみに宮内淳子の『谷崎潤一郎――異郷往還』（国書刊行会、一九九一年一月）の第七章は、「動かない水の周辺――『蘆刈』『夢の浮橋』など」と題されるが、ここで宮内は、「お遊さま」の年齢への疑問について、その問いかけは「空しい」として、以下のように書いている。

「水の上の女」たるお遊さまに時間はないのである。作品の序曲にあたる部分で巧妙に示された通り、水は時間を超えさせるものであった。水無瀬の院も、平安期の遊女も、明治中期の東京も、等しく水を通して現われてきた。お遊さまも現実の時の流れから離れた無時間の世界の人であり、父と息子とが共通に恋し得る永遠の女性なのである。

それでも我々読者は、この「蘆刈」の結末部を読んだ後、しばらく、それこそ狐につままれたような気になる。この語る男を狐に準えたい誘惑にかられる。男が最初登場した際には、これから巨椋池のほとりの方へ行くように設定されている。つまり、谷崎らしき人物が水無瀬を訪れた現在時における話として、巨椋池訪問がある。ところが、男が語った巨椋池訪問は、男の父の時間の話である。ここに、時間を超えた物語性が浮かび上がる。

もちろん夢幻能の決まり事にしたがって、男がその父慎之助の亡霊であったとすれば、時間的不可思議も消えてしまった理由も氷解する。要するにここに至り、これは元から幻想だった話と読者に種明かしされるのである。

ところで、この幻想譚は、谷崎らしき「わたし」の物語のところに帰ってこない。男の幻想譚をよりリアルに伝えるための枠組みとして、「わたし」が谷崎らしき人物として登場させられ、狂言廻し役を勤めたのであろう。

要するに、この作品は、「わたし」の語りに騙られて、作者らしき人物の水無瀬での不思議な体験であると、あたかも随筆的に読むことが、読者には求められてきたのである。しかし、それらは全て「設定」に過ぎず、物語はお遊さまをめぐる幻想譚にその中心があった。冒頭の歌に戻るが、「君なくてあしかりけりと思ふにもいとゞ難波のうらはすみうき」に、既にこの物語が「わたし」の随筆などでなく、お遊さまと芹橋慎之助の恋物語をこれから語ることの意思表示であったと示されていたのである。現代の夢幻能を、作者は現出させた。しかし現代小説においてリアリティーをもってそれを行なうために、作者は用意周到にことを進めた。その一つが、随筆的設定であり、しかし本来読んでほしいのは、お遊さま物語であった。それで、タイトルにも明示し、次第に読者を誘導していったのである。

我々読者もまた、このお遊さまの物語という異界へ連れて行かれ、最後に戻ってきた。ただその物語は、ただ同時代の異界において起こった出来事ではなく、夢幻能のシテである亡霊の父の若かった頃という、かなり時を隔てた昔のことであった。この異界往還は、時間の往還でもあった。その往還のリアリティーの確保を助けたのもまた、この「わたし」という谷崎らしき人物の語りだったのである。

谷崎潤一郎
五四頁参照。

「蘆刈」
初出は『改造』（一九三二年一一月号、一二月号）。翌年刊行された『春琴抄』（創元社）に附録として所収された。現在では、『吉野葛・蘆刈』（岩波文庫）などで読むことができる。

二、坂口安吾「桜の森の満開の下」

「桜の森の満開の下」（『肉体』一九四七年六月）に描かれる異界は、ややその風貌を異にしている。そこは空の果てや地の底、海の下など、現実界から一定の距離を持つ場所に位置しているのではない。そこは、常日頃は何気なく存在している道である。ただ、桜が咲く季節のみ、そこが異界と化すのである。

昔、鈴鹿峠にも旅人が桜の森の花の下を通らなければならないやうな道になつてゐました。花の咲かない頃はよろしいのですが、花の季節になると、旅人はみんな森の花の下で気が変になりました。できるだけ早く花の下から逃げようと思つて、青い木や枯れ木のある方へ一目散に走りだしたものです。（略）そんなことから旅人も自然に桜の森の下を通らないで、わざ〱遠まはりの別の山道を歩くやうになり、やがて桜の森は街道を外れて人の子一人通らない山の静寂へとり残されてしまひました。

さうなつて何年かあとに、この山に一人の山賊が住みはじめましたが、この山賊はずいぶんむごたらしい男で、街道へでて情容赦なく着物をはぎ人の命も断ちましたが、こんな男でも桜の森の花の下へくるとやつぱり怖しくなつて気が変になりました。そこで山賊はそれ以来花がきらひで、花といふものは怖しいものだな、なんだが厭なものだ、さういふ風に腹の中では呟いてゐました。花の下では風がないのにゴウ〱風が鳴つてゐるやうな気がしました。そのくせ風がちつともなく、一つも物音がありません。自分の姿と跫音ばかりで、それがひつそり冷めたいそして動かない風の中につつまれてゐました。花びらがぽそ〱散るやうに魂が散つていのちがだん〱衰へて行くやうに思はれます。それで目をつぶつて何か叫んで逃げたくなりますが、目をつぶると桜の木にぶつかるので目をつぶるわけにも行きませんから、一さう気違ひになるのでした。

この場面描写は不思議である。じっくり読んでも、この場所の姿は茫洋としている。ただの街道の一部で、ただ桜が咲いているだけの風景が、言葉によって描写されているようで、実際には何も描写されていない。言葉が重ねられているだけで、そこには、確固たる対象が捉えられていないのである。そのことが譬喩されているのが、音の描写である。そこには、「ゴウ〳〵風が鳴つて」いるようで、風はなく、「一つも物音が」ないのである。これはまさしく錯乱と呼んでよい状態であろう。桜と錯乱との音韻が通じていることについては、ここでは深入りしないことにするが、この錯乱状態自体が、ここでの異界であり、そのことが桜の森と表現されているわけである。

この山賊が、八人目の女房にした女と出会ったことから、物語が急展開する。女に云われて、これまでの七人の女房を、「いちばん醜くて、ビッコの女」だけ残して殺した後、男は、次のような思いに襲われる。

男は血刀を投げすてゝ尻もちをつきました。疲れがどッとこみあげて目がくらみ、土から生えた尻のやうに重みが分つてきました。ふと静寂に気がつきました。とびたつやうな怖ろしさがこみあげ、ぎよッとして振向くと、女はそこにいくらかやる瀬ない風情でたゝずんでゐます。男は悪夢からさめたやうな気がしました。そして、目も魂も自然に女の美しさに吸ひよせられて動かなくなつてしまひました。けれども男は不安でした。どういふ不安だか、なぜ、不安だか、何が、不安だか、彼には分らぬのです。女が美しすぎて、彼の魂がそれに吸ひよせられてゐたので、胸の不安の波立ちをさして気にせずにゐられたゞけです。

なんだか、似てゐるやうだな、と彼は思ひました。似たことが、いつか、あつた、それは、と彼は考へました。ア、、さうだ、あれだ。気がつくと彼はびつくりしました。

桜の森の満開の下です。

実に見事な呼吸の語りで、男の想起の過程が辿られる。この異界は、桜の季節に限定されるものであるのに加え、男の観念の上にのみ存在するもののようである。やがて男と女は、都に出て、異常な生活を繰り広げるが、それにも飽きて、山に帰ることになる。その時、最後に男の観念上に姿を現したこの異界は、男を再び錯乱させる。

男は満開の花の下へ歩きこみました。あたりはひつそりと、だん〳〵冷めたくなるやうでした。彼はふと女の手が冷めたくなつてゐるのに気がつきました。俄に不安になりました。とつさに彼は分りました。女が鬼であることを。突然どッといふ冷めたい風が花の下の四方の涯から吹きよせてゐました。

男の背中にしがみついてゐるのは、全身が紫色の顔の大きな老婆でした。（略）そして彼がふと気付いたとき、彼は全身の力をこめて女の首をしめつけ、そして女はすでに息絶えてゐました。

彼の目は霞んでゐました。

こうして美しい女を錯乱して鬼と見間違えて殺してしまった男の物語は、以下のように閉じられる。

彼は女の顔の上の花びらをとつてやらうとしました。彼の手が女の顔にとゞかうとした時に、何か変つたことが起つたやうに思はれました。すると、彼の手の下には降りつもつた花びらばかりで、女の姿は掻き消えてたゞ幾つかの花びらになつてゐました。そして、その花びらを掻き分けようとした彼の手も彼の身体も延した時にはもはや消えてゐました。あとに花びらと、冷めたい虚空がはりつめてゐるばかりでした。

この結末は、変奏されてはいるが、浦島太郎の「玉手箱」の挿話に実によく似ている。急速な時間の進行が、彼らの肉体を土に返したとも考えられるからである。タイム・トンネルという語が示すように、この桜の森の下の道は、トンネルの譬喩で示されるような時空を超える往還の現場であった。したがって、現実の時間に支配されている現実界の存在からは、その往還の時空は本来的に見えるはずのないものなのであろう。

このことを示唆する言葉が、末尾の少し前に、作者によって用意されている。

桜の森の満開の下の秘密は誰にも今も分りません。あるひは「孤独」といふものであつたかも知れません。なぜなら、男はもはや孤独を怖れる必要がなかつたのです。彼自らが孤独自体でありました。

真に孤独な存在には、それを見る他者が全く存在しない。見る者がない、すなわち観察者としての他者のいないところには、何も存在しないという、物理学的でかつ哲学的な命題が、そこに語られているのかもしれない。

坂口安吾（さかぐち・あんご　一九〇六〜一九五五）

新潟市生まれ。本名は坂口炳五（さかぐち・へいご）。東洋大学文学部印度哲学倫理学科に通う傍ら、アテネ・フランセでフランス語を習得、ヴォルテールなどを愛読するようになる。大学卒業後の一九三〇年、同人誌『言葉』を創刊。一九三一年、雑誌「青い馬」に発表した短編「風博士」が牧野信一に激賞され、作家として認められる。戦後は『堕落論』『白痴』を発表し、無頼派を代表する作家となる。

「**桜**の**森**の**満開**の**下**」

初出は『肉体』創刊号（一九四七年年六月）。ほぼ同時期に刊行された単行本『いづこへ』（真光社、一九四七年）にも所収された。現在は『桜の森の満開の下・白痴　他十二篇』（岩波文庫）、『桜の森の満開の下』（講談社文芸文庫）などで読むことができる。

三、村上春樹「世界の終りとハードボイルド・ワンダーランド」

この作品は、「純文学書下ろし特別作品」シリーズとして、新潮社から一九八五年六月に書き下ろし刊行された。「世界の終り」と「ハードボイルド・ワンダーランド」という二つの物語が、一章ごとに別々に展開しながら、やがてその二つの物語空間が撚り合せられていることが読者の目に明らかになっていく。

そもそもそれぞれの物語空間は、現実空間とはやや異なる、奇妙な感覚を読者に与える。現実空間とは別の空間の存在こそ、生身の人間が経験し得ない最大のものである。そうして、「世界」が終わってしまった後の空間もまた、未知のものである。「ワンダーランド」もまた然りである。それらは現実には存在しない。我々がここに読んでいるものは、その内容ではなく、その内容を容れる器としての空間そのものであることが、ここで明らかになる。そもそも小説を読むとは、別空間を経験することなのである。現実空間をあくまで持ち込むと、その本来的な楽しみは半減するであろう。思えば、この現実との相違を、この小説の作者は、当初から執拗なほど、場面描写という形で書き込んでいたようである。冒頭部から登場する、博士の研究室の異常な設定、そしてそこへ到る主人公のエレベーターでの移動感覚こそ、我々の現実空間から小説空間への移動を予め示したものであろう。

そうしてやがて物語は、より深く交わっていく。その過程の読者牽引力については、多言を要すまい。二つの物語は、「脱出」という結末へ向かって、流れるように進んでいく。ところで、どこからの「脱出」なのか。これについては、取り敢えず、こう考えることもできよう。それこそ、「物語」の空間からの脱出であると。

思えば、この小説に、どちらも図書館が関わっていること、また、「夢読み」にしろ、「計算士」の計算にしろ、とにかく何かを「読む」という行為が作品に鏤められていることと、また、ツルゲーネフやバルザックから、ボブ・ディランに到る文学者や詩人、歌手たちの固有名詞や、具体的な作品名、歌の名や歌詞などが頻繁に登場することなどを、総合的に見れば、ここには、正しく作品世界という混沌が形象化されていることが浮かんでくるのではなかろうか。つまり、この作品の中の「世界」とは、あらゆる「作中世界」なのである。そうなれば、「世界の終り」というのは、この既成の文学による「作中世界」の終りをも意味するということになろう。結末部に至り、「僕」が自分の「影」と決別してまで、この世界に留まるという設定は、その意味で極めて象徴的である。これは、現実世界に足ならぬ「影」を落とさないで、作中世界に生きることを決心した男の物語なのである。

おそらくこのような設定では、「僕」が脱出に成功することを、読者が途中から期待しだすことが常套であろう。これもまた計算済みである。「僕」は「影」に、「我々二人が一緒に古い世界に戻ることが物事の筋だということもよくわかる。それが僕にとっての本当の現実だし、そこから逃げることが間違った選択だということもよくわかっている」と語る。その脱出がいかなるものからの脱出なのかも知らないまま、ただ脱出を冀（こいねが）う。これは、いわば純粋なる読書の願望である。このような行為の繰り返しとしての読書行為自身について、さらに考えさせること、そのことの方が、作者の真の意図だったのではなかろうか。というのも、結末においては、脱出成功の大団円への期待は見事にはぐらかされるからである。

*

つい最近出された、村上春樹の『街とその不確かな壁』（新潮社、二〇二三年四月）は、異界往還の物語の典型を示している。

「あとがき」によると、この物語は、一九八〇年に発表した「街と、その不確かな壁」という「未完成な作品」に、「決着」をつける試みの一つであった『世界の終りとハードボイルド・ワンダーランド』とは別の形で、四〇年の歳月を経て、「もうひとつの対応」として書かれた作品である。両長篇は、いわば双子のような関係にある。

作品は、量的に極めてアンバランスな三部構成から成る。第二部が極端に長く、またそれぞれの部の時間的および空間的な関係は明確には書かれていない。

まず第一部において、一六歳の「きみ」は、一七歳の「ぼく」に、「本当のわたしが生きて暮らしている」「高い壁に囲まれたその街」について語っている。そこにある図書館で、本当の「きみ」は働いているという。そして「きみ」は、「ぼく」に「あなたは〈夢読み〉になるのよ」と言う。

この「実際の世界」を起点として、どのような形であれ、「高い壁に囲まれたその街」との往還が為されることは、明確に示されている。

第三部には、「壁に囲まれた街」が舞台で、「私」と、図書館に勤める一六歳の少女と、「イエロー・サブマリンのヨットパーカ」を着た少年が登場する。「私」は図書館で「〈夢読み〉作業」をしている。

やがて「私」と少年は「一体化」し、「私」の内側、すなわち「意識の底にある真四角な小部屋」で少年と会っている。ある日少年は「私」に、次のように言う。

「ええ、そうです。あなたの心はこの街を立ち去ることを求めています。というか、ここを去ることを必要としています。少し前からぼくはそのことに薄々気がついていました。そしてその心の動静を注意して見守っていました」(略)

小さなロウソクの炎を間にはさんで、少年は私に静かに告げた。「大丈夫です。心配はいりません。あなたの影は外の世界で無事に、しっかり生きています。そして立派にあなたの代わりを務めています」

そして、「この部屋のこの短いロウソクが消える前にそう心に望み、そのまま一息で炎を吹き消せば」、外の世界に映ることができるとも言うのである。

そして結末において、「私」が「一息でロウソクの炎を吹き消した」場面で、小説も閉じられる。

正しく、この「街」が異界で、「ぼく」あるいは「私」は、異界との往還者であり、またそれは、読者のこの「街」との往還をも意味している。この小説に特徴があるとするならば、この第一部の「ぼく」と、第三部」の「私」が、全く同一の人物かどうかという点を空白にしている点である。不確かであるのは、この登場人物の存在性なのである。

小説において、主人公を始めとする登場人物は、読者の絶対的信頼を得て、自由な行動をする。異界往還小説においては、現実界とやや不確かで曖昧な異界とを往還する。村上春樹は、この主人公なるものの絶対的信頼感を崩したかったのではないだろうか。そうすることで、異界はもちろん、現実界もまた、「ワンダーランド」として、我々の前に別の顔を見せることが可能となったのである。

村上春樹（むらかみ・はるき　一九四九〜）

京都市生まれ。早稲田大学第一文学部卒業。早稲田大学在学中にジャズ喫茶を開く。一九七九年、『風の歌を聴け』でデビュー（群像新人文学賞）。『ノルウェイの森』（一九八七年）が大ベストセラーとなり、これをきっかけに村上春樹ブームが起きる。代表作に、『羊をめぐる冒険』、『ねじまき鳥クロニクル』、『海辺のカフカ』、『1Q84』などがある。海外でも人気が高く、各国の文学賞を受賞している。

「世界の終りとハードボイルド・ワンダーランド」
初出は『世界の終りとハードボイルド・ワンダーランド』（新潮社、一九八五年）。現在は、『世界の終りとハードボイルド・ワンダーランド』（新潮文庫）で読むことができる。

四、江戸川乱歩「押絵と旅する男」

「押絵と旅する男」（『新青年』一九二九年六月）は、「高野聖」とよく似た枠物語の形式を持つ。いわゆる入れ子構造の物語である。冒頭は以下のような文章で始まる。

> この話が私の夢か私の一時的狂気の幻でなかつたならば、あの押絵と旅をしてゐた男こそ狂人であつたに相違ない。だが、夢が時として、どこかこの世界と喰違つた別の世界を、チラリと覗かせてくれる様に、又狂人が、我々の全く感じ得ぬ物事を見たり聞いたりすると同じに、これは私が、不可思議な大気のレンズ仕掛けを通して、一刹那、この世の視野の外にある、別の世界の一隅を、ふと隙見したのであつたかも知れない。

ここに、この世界の異界性が示されている。この「私」が出会った「押絵と旅をしていた男」の物語が、男自身の口から「私」に語られる。それは、男の兄の物語である。

> 十九世紀の古風なプリズム双眼鏡の玉の向ふ側には、全く私達の思ひも及ばぬ別世界があつて、そこに結綿の色娘と、古風な洋服の白髪男とが、奇怪な生活を営んでゐる。覗いては悪いものを、私は今魔法使に覗かされてゐるのだ。といつた様な形容の出来ない変てこな気持で、併し私は憑かれた様にその不可思議な世界に見入つてしまつた。

これがこの小説における異界の最たるものである。

しかし、この異界を取り巻く世界もまた、十分に異界と呼ぶにふさわしいものである。異界もまた入れ子型になっているのである。

そもそも、この物語を語り始める「私」が男と出会ったのは、「態々魚津へ蜃気楼を見に出掛けた帰り途であった」とされている。「私」はこの異界体験に十分に自覚的である。そして以下のような文章が続けられる。

　蜃気楼の魔力が、人間を気違ひにするものであつたなら、恐らく私は、少くとも帰り途の汽車の中までは、その魔力を逃れることが出来なかつたのであらう。二時間の余も立ち尽して、大空の妖異を眺めてゐた私は、その夕方魚津を立つて、汽車の中に一夜を過ごすまで、全く日常と異つた気持でゐたことは確である。若しかしたら、それは通り魔の様に、人間の心をかすめ冒す所の、一時的狂気の類ででもあつたであらうか。

このような二重にも三重にもその時の特殊性を述べる設定は、やはり、「押絵」の中に人が生きているという、究極の怪異に、リアリティーを与えるためであると考えられる。近代以降の小説においては、このような読者への配慮は、いわば必然のものなのであろう。その配慮は、以下のような話柄をもこの物語に呼び込む。

　『ところが、あなた、悲しいことには、娘の方は、いくら生きてゐるとは云へ、元々人の拵へたものですから、年をとるといふことがありませんけれど、兄の方は、押絵になつても、それは無理やりに形を変へたまでゞ、根が寿命のある人間のことですから、私達と同じ様に年をとつて参ります。御覧下さいまし、廿五歳の美少年であつた兄が、もうあの様に白髪になつて、顔には醜い皺が寄つてしまひました。兄の身にとつては、どんなにか悲しいことでございませう。相手の娘はいつまでも若くて美しいのに、自分ばかりが汚く老込んで行くのですもの。恐ろしいことです。兄は悲しげな顔をして居ります。数年以前から、いつもあんな苦し相な顔をして居ります。それを思ふと、私は兄が気の毒で仕様がないのでございますよ。』

そもそも絵の中に入ることほど不思議な状況はないはずで、その不思議を認めてしまえば、たいていのことは不思議でなくなるはずである。絵の中の兄が歳をとらなくても、絵の中に入ることに比べれば、さほど不思議ではないであろう。ところが、この細部だけは、リアリティーが求められるのである。

これもまた、近代という時代性が要求した、リアリティー確保のための辻褄合わせなのであろうか。やはり異界とは、かくも描くに困難な対象なのである。

江戸川乱歩（えどがわ・らんぽ　一八九四〜一九六五）
三重県名張市生まれ。本名は平井太郎。早稲田大学政経学部卒。貿易会社勤務を始め、古本商、新聞記者など様々な職業を経て、一九二三年、雑誌『新青年』に「二銭銅貨」を発表して作家としてデビュー。以降、対象から昭和にかけて、数多くの推理小説を発表した。主な小説に、「D坂の殺人事件」、「陰獣」、「パノラマ島奇談」などがある。一九四七年には探偵作家クラブ（後の日本推理作家協会）の初代会長就任、一九五四年には江戸川乱歩賞を設けるなど、新人作家の育成にも力をつくした。

「押絵と旅する男」

初出は『新青年』（一九二九年六月号）。現在では、『人間椅子』（角川ホラー文庫）、『江戸川乱歩短篇集』（岩波文庫）、『押絵と旅する男』（江戸川乱歩全集第5巻、光文社文庫）などで読むことができる。

帰ってこなかった男——安部公房「砂の女」

典型的な異界往還の物語構造が、途中から崩れてしまう小説がある。
安部公房の「砂の女」（新潮社、一九六二年六月、書き下ろし）は、仁木順平という男が昆虫採集のために砂丘にでかけ、失踪者となる話である。実際には男は、砂丘の部落にある砂穴の一軒家に、とある女とともに閉じ込められ、逃げだそうと懸命に種々の方法を試みているが、理由も組織もさほど明らかではないその部落の人々に妨げられる。途中からは、溜水装置の研究に没頭するようになる。結末部には以下のように書かれている。

べつに、あわてて逃げだしたりする必要はないのだ。いま、彼の手のなかの往復切符には、行先も、戻る場所も、本人の自由に書きこめる余白になって空いている。それに、考えてみれば、彼の心は、溜水装置のことを誰かに話したいという欲望で、はちきれそうになっていた。話すとなれば、ここの部落のもの以上の聞き手は、まずありえまい。今日でなければ、たぶん明日、男は誰かに打ち明けてしまっていることだろう。

逃げるてだては、またその翌日にでも考えればいいことである。

この文章の後に、「失踪に関する届出の催告」という家庭裁判所の文書と、「審判」と書かれた文書が掲げられて、物語は閉じられている。

つまり、この主人公は、帰還者として描かれているわけではない。「高野聖」の山中とそこにある一つ家や、「月山」の村と注連寺とは、その存在性を決定的に異にする。

作品冒頭に戻り、男のこの村への迷い込みの経緯を確認しておきたい。

「汽車で半日ばかりの海岸」に向かった男は、「S駅」で降り、バスに乗り込み、終点まで乗り続けた。その後も「男はそのまま村を通りぬけ、次第に白っぽく枯れていく海辺に向って、さらに歩きつづけた」。

そのうち、「とつぜん視界がひらけて、小さな部落があらわれ」、この部落は、砂の中に沈んでいるように見えた。やがて男は、「村に砂丘が、重なりあってしまった」と見えるような風景にたどり着く。ここで目的である昆虫採集を開始したのである。しかし既に日暮れも近く、現われた村の老人に誘われて、宿泊するために「部落の一番外側にある、砂丘の稜線に接した穴のなかの一つ」に案内される。

なるほど、梯子でもつかわなければ、この砂の崖ではとうてい手に負えまい。ほとんど、屋根の高さの三倍はあり、梯子をつかってでも、そう容易とは言えなかった。昼間の記憶では、もっと傾斜がゆるやかだったはずだが、こうしてみると、ほとんど垂直にちかい。梯子は、おそろしく不ぞろいな縄梯子で、バランスを破ると、途中でねじくれてしまいそうだった。まるで天然の要害のなかに住んでいるようなものである。

「気がねはいらんから、ゆっくり休んで下さい……」

しかもこの家には「三十前後の、いかにも人が好さそうな小柄の女」が居て「いそいそと、よろこびをかくしきれないといった歓迎ぶり」で迎えてくれたのである。

まさしく、昆虫採集の男が昆虫となって「アリジゴク」に捕まったような様子なのである。

ここから、二人の生活が始まり、事情を知った男の、脱出の試みが始まる。

当初は楽観視していた男は、状況を次第に飲み込み、怒りと絶望を体験し、それでも脱出の努力を重ね、自家製のロープを編み上げ、この女と住む小屋から脱出することにはいったん成功する。しかし、それがその村からの脱出は意味しなかったのである。結果、砂の底なし沼にはまり、却って村の男たちに助けてもらうことになる。そして女の待つ小屋に連れ戻されたのである。

「まったく、あっさり、失敗してしまったもんだな。」

「でも、巧くいった人なんて、いないんですよ……まだ、いっぺんも……」

この女の言葉は残酷であろう。男の運命を予告するからである。

このような生活のうちに、時間はどんどん経っていく。この小説においては、それが、男の妻から出された失踪宣告の申立の、七年という時効に関わっている。男は、七年失踪していれば、正式に失踪者として認定されるのである。これは、妻の自由をも意味する。男がこの砂の家で暮らしている七年は、妻である仁木しのが失踪者から自由になる時をも刻んでいた。この小説の主人公は、徐々に異界の人になっていき、日常世界から正しく蒸発していったのである。

仁木順平は、ついに帰ってこなかった。

そもそもエピグラフには「罰がなければ、逃げるたのしみもない」という言葉が選ばれていた。罰が罰でなくなった時、逃げることも望まれなくなった。ここに一八〇度の価値の転換が起こる。異界は、仁木順平にとって、異界でなくなった。異界でなくなれば、そこから立ち去る必要もないのである。

前半部分はあんなにも明確な異界訪問の構造を持ちながら、後半部分はひたすら還ることを無にするように進展する物語。安部公房は、古典作品以来、典型的なこの物語構造も仁木順平とともに蒸発させようとしたのかもしれない。

安部公房（あべ・こうぼう　一九二四～一九九三）

東京で生まれ、満洲で少年期を過ごす。本名は安部公房（あべ・きみふさ）。東京大学医学部卒。一九五一年、「壁」で芥川賞を受賞。一九六二年に発表した『砂の女』は読売文学賞を受賞したほか、フランスで最優秀外国文学賞を受賞。その他、戯曲「友達」で谷崎潤一郎賞、『緑色のストッキング』で読売文学賞を受賞するなど、受賞多数。作品は海外でも高く評価され、世界三十数か国で翻訳出版されている。

「砂の女」
初出は『砂の女』(一九六二年、新潮社)。書き下ろし長編小説として刊行された。現在は『砂の女』(新潮文庫)で読むことができる。

第五章

性のラビリンス

性のラビリンスが異界であることは、そこを訪れる体験自体が個人的で秘密めいたものであることが多いことからも、容易に想像されよう。浦島太郎の竜宮城体験は、簡単に、男たちの遊郭などへの迷い込みに転換されうるのである。

遊郭という名が示すとおり、そこは元来、囲われた廓であり、外界と隔てられた空間である。最も単純な理由は、遊女たちの脱走を防ぐためであろうが、そのような必要がなくとも、そこは外界と隔てられて然るべき場所であった。なぜならそこは、日常という時間と空間から別世界であるからこそ、魅力を発揮する場所だからである。そこに行く遊客は、多くの場合、現実から逃避している。そこには、竜宮城のような楽園が想定されている。現実や日常なるものが、「苦しい世界」だからである。

その楽園が、遊女たちにとっては、「苦界」であるという皮肉が、この異界を支える論理である。ここには、同じ世界が二重化されているからくりが窺えるのである。

一、川端康成「雪国」

この作品は、一九三五年一月に同時に発表された「夕景色の鏡」(『文芸春秋』)と「白い朝の鏡」(『改造』)の二つの章に始まるいくつかの断章をあつめ、先ず一九三七年六月に創元社から出版され、さらに書き継がれ、戦後に到って一九四八年一二月に完結版が出されたという、かなり不規則な発表形態を採る作品である。

そのタイトルが四季美を象徴することからか、川端文学のみならず、日本文学の代表作と見られ、川端康成は、この作品を主たる対象として、日本人として初めてノーベル文学賞を受けた。その受賞記念講演において、その文脈を意識してか、川端は、「美しい日本の私」という題の講演を行っている。

これら事情を凝縮して示すのが、「国境の長いトンネルを抜けると雪国であつた」という、現行の冒頭の一文である。特に著名な一文であり、作品を読んだことの無い人でも、この冒頭文だけは知っているという日本人も多いのではないか。(ちなみに、現行の本文としては、ここでは『川端康成全集』第一〇巻(新潮社、一九八〇年四月)に収められた「雪国」を底本とすることとする。)

しかしながら、この一文は、一九三五年一月に発表された際には、微妙に異なる表現であった。そもそも冒頭の一文ではなかった。ちなみに「夕景色の鏡」の冒頭は、以下のようなものである。

濡れた髪を指でさはつた。——その触感をなによりも覚えてゐる、その一つだけがなまなましく思ひ出されると、島村は女に告げたくて、汽車に乗つた旅であつた。

このとおり、島村が駒子を訪れる動機から書き始められている。そして、伏字で隠された、生々しい指の感覚が自分を彼女へ引き寄せると書かれた後に、「国境のトンネルを抜けると、窓の外の夜の底が白くなつた。信号所に汽車が止つた」と続けられるのである。

これらを比較するに、現行の「国境の長いトンネルを抜けると雪国であつた」が冒頭に置かれたものの方が、島村がふだん暮らしている東京と、駒子の居る温泉地との往還関係をより強調するように思われる。島村は、東京に妻子がありながら、定期的にこの雪国の温泉宿に逗留する人物である。国境は島村の造型をも遠回しに譬喩するのである。そしてこれもまた、浦島太郎型の話型をなぞる。

島村は、もちろんこの物語の男主人公ではあるが、駒子を物語の女主人公として観察する視点も持ち合わせている。島村は「無為徒食」とされるが、「時々西洋舞踊の紹介など書く」「文筆家の端くれ」でもあり、その意味で、作者的存在である。彼は以下のような感慨を持つこともある。

　　温泉宿で女按摩から芸者の身の上を聞くとは、余りに月並で、反つて思ひがけないことであつたが、駒子がいひなづけのために芸者に出たといふのも、余りに月並な筋書で、島村は素直にのみこめぬ心地であつた。

このような、実際の出来事を「月並」かどうか、などという視点で捉えるのは、後に見る「濹東綺譚」の「わたくし」がお雪との出会いを「お誂通り」と考えることにも似て、物語の作り手に顕著な性癖にも見える。そしてこのような視点が、駒子という存在をも、よけいに物語中の人物に仕立て上げるのである。

島村が東京に帰る際の汽車は、冒頭とちょうど逆方向に忠実に描かれている。

> 国境の山を北から登つて、長いトンネルを通り抜けてみると、冬の午後の薄光りはその地中の闇へ吸ひ取られてしまつたかのやうに、また古ぼけた汽車は明るい殻をトンネルに脱ぎ落して来たかのやうに、もう峰と峰との重なりの間から暮色の立ちはじめる山峡を下つて行くのだつた。こちら側にはまだ雪がなかつた。

さらに島村は、汽車による移動を、次のようにも考えている。

> 島村はなにか非現実的なものに乗つて、時間や距離の思ひも消え、虚しく体を運ばれて行くやうな放心状態に落ちると、単調な車輪の響きが、女の言葉に聞えはじめて来た。

島村はこの汽車による往還が、物語空間との往還であることに、十分に自覚的であるようである。

島村が次にこの温泉地を訪れた際に、東京の細君が少しだけ登場している。

> 蛾が卵を産みつける季節だから、洋服を衣桁や壁にかけて出しつぱなしにしておかぬやうにと、東京の家を出がけに細君が言つた。

なぜここに細君の留意が書かれているのであろうか。やはり島村が、温泉地で駒子と会話し、夜を過ごすことだけに物語の中心があるのではなく、彼がやはり東京を本拠とし、駒子の元へは時間を空けて遠くから通ってくる存在である点にも、特別な意味があることを示しているのではなかろうか。そしてその特別な意味合いこそが、駒子を現実の存在ではなく、物語の女主人公とする仕組なのではなかろうか。

これも「濹東綺譚」の「わたくし」と玉の井のお雪との関係に準えることができるかもしれない。島村も、駒子との関係を、当初は距離をもって観察することができていたはずが、やがて危うくもなってくる。

> 妻子のうちへ帰るのも忘れたやうな長逗留だつた。離れられないからでも別れとも（ママ）ないからでもないが、駒子のしげしげ会ひに来るのを待つ癖になつてしまつてゐた。

そうして、「こんど帰つたらもうかりそめにこの温泉へは来られないだらう」とも考えている。しかしながらこの小説は、島村と駒子の関係に結末をつけないまま、映画上映や芝居などにも使われている繭倉の火事で、強引に閉じられている。島村がこの温泉場にやってくる汽車の中で見かけた、もう一人の重要人物である葉子が、繭倉の二階から落ちた劇的な場面である。

島村の東京への真の帰還が書かれなかったことと、この小説が永遠の未完作のような寄せ集めの作品であったこととの間には、やはり関連があると考えざるをえないのである。

川端康成（かわばた・やすなり　一八九九〜一九七二）
大阪生まれ。東京帝国大学国文学科卒業。大学在籍中に菊池寛に認められ、横光利一らと共に同人誌『文藝時代』を創刊。新感覚派を代表する作家として、独自の文学を貫いた。代表作に、「伊豆の踊子」、「古都」、「山の音」、「眠れる美女」などがある。一九六八年、日本人初のノーベル文学賞受賞。日本ペンクラブや国際ペンクラブ大会でも活躍した。一九七二年四月一六日、逗子の仕事部屋で自死。

「雪国」

『雪国』は、一九三五年からいくつかの文芸誌に断続的に書きつがれたものが、一九三七年に単行本として、創元社から刊行された。その後も続篇が書き継がれ、一九四八年に完結本が創元社より刊行された。現在は『雪国』(新潮文庫、岩波文庫、角川文庫)などで読むことができる。

二、永井荷風「濹東綺譚」

「濹東綺譚」(『東京朝日新聞』『大阪朝日新聞』一九三七年四月一六日〜六月一五日)の主人公は、「大江匡」という名の小説家ということになっている。作中には、「失踪」という作中作も用意されている。この小説には、主人公「わたくし」が、小説執筆の取材のために玉の井を訪れ、たまたまお雪という女と出会った後も、あくまで取材を目的にこの地に幾度か通うという、やや言い訳がましい設定が為されている。しかしながら、主人公が小説家であるならば、「失踪」とは別に、もう一つの物語、すなわち、小説家である「わたくし」と、玉の井の女との物語を書こうとしていた可能性も残る。これも含めて、やや複雑な入れ子構造の作品と見ることが可能であろう。

仮に、「わたくし」が、お雪との関係をも小説化することを企図していたとするならば、この作品は、作者でもあり主人公でもある「わたくし」が、作中の世界へ仮想的に通う物語と謂うこともできよう。その際、お雪は、現実の存在でありつつ、物語の女主人公でもある、ということになる。

「わたくし」が最初にお雪に出逢うのは、玉の井の「盛場」で突然の雨に降られた時である。足の向くまま乗合自動車で出かけた際、作中作「失踪」の主人公種田が、「家族を棄てゝ世を忍ぶ処」を「この辺の裏町にして置いたら、玉の井の盛場も程近いので、結末の趣向をつけるにも都合がよからう」と考え、さらに歩き、京成電車の玉の井停車場の跡の土手に登り、土手の向こう側を眺めた後、「意外にも」そこが既に「玉の井の盛場を斜に貫く繁華な横町の半程」であった。この「意外にも」という「わたくし」の認識に示されているのは、作中作「失踪」の世界から、現実の世界に戻ったというよりも、そこからさらに、もう一つ別の物語空間に迷い込んだというような感覚であろう。

わたくしは多年の習慣で、傘も持たずに門を出ることは滅多にない。いくら晴れてゐても入梅中のことなので、其日も無論傘と風呂敷とだけは手にしてゐたから、さして驚きもせず、静にひろげる傘の下から空と町のさまとを見ながら歩きかけると、いきなり後方から、「檀那、そこまで入れてつてよ。」といひさま、傘の下に真白な首を突込んだ女がある。

この後、お雪の家に上がり、すぐ親しい関係になるわけであるが、このことが物語的であることが、しばらく後に念押しされている。

わたくしは春水に倣つて、こゝに剰語を加へる。読者は初めて路傍で逢つた此女が、わたくしを遇する態度の馴々し過るのを怪しむかも知れない。然しこれは実地の遭遇を潤色せずに、そのまゝ記述したのに過ぎない。何の作意も無いのである。驟雨雷鳴から事件の起つたのを見て、これ亦作者常套の筆法だと笑ふ人もあるだらうが、わたくしは之を慮るがために、わざ〳〵事を他に設けることを欲しない。夕立が手引をした此夜の出来事が、全く伝統的に、お誂通りであつたのを、わたくしは却て面白く思ひ、実はそれが書いて見たいために、この一篇に筆を執り初めたわけである。

この記述は、やはり不自然であろう。この場面は、「失踪」を書くために足の向くままさまよっていた「わたくし」が、偶然、玉の井の「盛場」に来かかり、突然の雨に遭って、お雪と出逢った、と書き継がれてきたので、読者は、この「わたくし」を、「失踪」の作者の体験した実話だという構えでここまで読み続けてきたはずだからである。為永春水が剰語を挟むのは、それが作り話であるという前提が明らかだからで、この場合の「わたくし」とは、立場が決定的に違う。

これについては、かつて拙論（「リアリティーと矛盾――『濹東綺譚の一側面』」、『国文学研究ノート』一九九一年三月）にも書いたが、最後の一文の「この一篇」とは、一体何を指すのであろうか。「失踪」の設定とはかなり異なっているので、やはりこれは、「わたくし」とお雪とのもう一つの作り物語を指すと考えるのが自然なのではなかろうか。すなわち、ここで作者は、この「わたくし」とお雪の出会いもまた、物語であることの底を割っているのではなかろうか。

もしそうならば、この玉の井こそは、この作品におけるもう一つの作中作の舞台ということになる。単に性のラビリンスとして、日常生活の空間からやや距離を持つ異界である、というに止まらず、明らかにそこは、物語空間としての異界だったのである。

このことは、「わたくし」がお雪と逢わなくなった後の記述からも見て取ることができる。

濹東綺譚はこゝに筆を擱くべきであらう。然しながら若しこゝに古風な小説的結末をつけようと欲するならば、半年或は一年の後、わたくしが偶然思ひがけない処で、既に素人になつてゐるお雪に廻り逢ふ一節を書添へればよいであらう。猶又、この偶然の邂逅をして更に感傷的ならしめようと思つたなら、摺れちがふ自動車とか或は列車の窓から、互に顔を見合しながら、言葉を交したいにも交すことの出来ない場面を設ければよいであらう。楓葉荻花秋は瑟々たる刀禰河あたりの渡船で摺れちがふ処などは、殊に妙であらう。

ここには、この「濹東綺譚」が、「わたくし」とお雪の物語が、「小説」であり、作り物であることが決定的に示されているといってよい。しかし、それでもまだ、この文章の後しばらく、「わたくしとお雪とは、互に其本名も其住所をも知らずにしまつた」というような、実在性を示す言葉もまた繰り返される。ここがこの小説の解読の困難な点である。「作後贅言」(『中央公論』一九三七年一月、原題「万茶亭の夕(其他二篇)」)も含め、多層的な構造がその複雑さをもたらす。しかしながら、この作品は崩壊しないのである。おそらくそこには、「わたくし」という第一人称の包容力が機能しているものと考えられる。

我々読者は、作者らしき人物である「わたくし」に導かれて、この小説の中で、さらに玉の井というラビリンスの中の男と女の物語空間に迷い込んでいたのである。玉の井は、二重の意味合いで異界であったということになろう。

永井荷風(ながい・かふう　一八七九〜一九五九)

東京小石川生まれ。高商付属外国語学校清語科中退。広津柳浪・福地源一郎に弟子入り、フランスの作家ゾラに心酔し『地獄の花』などを著す。一九〇三年より一九〇八年まで、アメリカを経てフランスにて外遊。帰国後、『あめりか物語』、『ふらんす物語』(発禁)を発表し、文名を高めた。一九一〇年、師・森鷗外の推薦で慶応大学教授となり「三田文学」を創刊。一九五二年、文化勲章受章。

「濹東綺譚」

初出は私家版として刊行された『濹東綺譚』(一九三七年)。同年四月一六日〜六月一五日に、木村荘八の挿絵と共に『東京朝日新聞』、『大阪朝日新聞』に連載され、八月に岩波書店より単行本が刊行された。現在は『濹東綺譚』(岩波文庫、新潮文庫、角川文庫)で読むことができる。

三、川端康成「眠れる美女」

「眠れる美女」(『新潮』一九六〇年一月～一九六一年一一月)は、主人公の江口老人が、「眠れる美女の館」とでも呼ぶべき特殊な宿に五夜通う物語である。その章立ては、「その一」から「その五」までで、これは主人公の江口がこの「眠れる美女」の家に通った五夜を忠実になぞったものである。新潮文庫の「解説」(『眠れる美女』新潮社、一九六七年一一月)で、三島由紀夫も、この小説を「形式的完成美を保ちつつ、熟れすぎた果実の腐臭に似た芳香を放つデカダンス文学の逸品」と呼んでいる。とにかくこの小説は、際立った構成美を持つ。この「形式的完成美」もまた、昔話の話型に近いものであろう。

異界の物語は以下のように突然語り始められる。

たちの悪いいたづらはなさらないで下さいませよ、眠つてゐる女の子の口に指を入れようとなさつたりすることもいけませんよ、と宿の女は江口老人に念を押した。
二階は江口が女と話してゐる八畳と隣りの――おそらくは寝部屋の二間しかなく、見たところ狭い下にも客間などなささうで、宿とは言へまい。宿屋の看板は出してゐない。またこの家の秘密は、そんなものを出せぬだらう。家のなかは物音もしない。鍵のかかつた門に江口老人を出迎へてから今も話してる女しか、人を見かけなかつたが、それがこの家のあるじなのか、使はれてゐる女なのか、はじめての江口にはわかりかねた。とにかく客の方からはよけいなことを問ひかけないのがよささうである。

このとおり、江口老人のこの宿への訪問の様子は不明である。少し後にも、「江口は夜おそくこの家に来たので、あたりの地形はわからないが、海の匂ひはしてゐた。門をくぐると、家のわりに庭が広くて、松ともみぢのかなりの大木が多かつた。小暗い空に黒松の葉が強かつた。前は別荘だつたのだらう」と書かれている。

「眠れる美女の館」とは、薬か何かで昏睡させられている裸の娘の隣で、老人が一夜の添い寝を許される「秘密のくらぶ」のことで、「安心出来るお客さま」のみが、会員となることができる。

二度目の訪問の際には、そこが異界であることを殊更に示唆する以下のような記述が見える。

午後九時では早過ぎて娘が眠つてゐない、十一時までに眠らせておくと、電話で言はれた時、江口の胸がとつぜん熱い魅惑にふるへたのは、自分でもまつたく思ひがけぬことであつた。常日ごろの現実の人生のそとへ不意に誘はれるおどろきといふやうなものであらうか。それは娘が眠つてゐて決して目ざめないからのものだ。

つまりこの家自体が異界なのではなく、眠り続けて決して起きない娘がそこに居るということが、江口を「常日ごろの現実の人生のそと」に連れ出すのである。娘は徹頭徹尾、江口にとっての異人である。

それを示す究極の出来事が、第五夜の二人の娘のうちの「黒い娘」の死であろう。夜中に目がさめると、娘が息をしていない。家の女を呼び出して「死んでゐるだらう。」と言っても、女は「死んでゐません。お客さまはなにもご心配なさらなくて……。」と「つとめて冷めたく落ちついて」言うばかりである。そして何事もなかったかのように、江口は相変わらず眠り続けているもう一人の「白い娘」と部屋に残され、物語も閉じられる。娘たちは最初から眠っているだけの存在なので、このような異人には、さらなる眠りとしての死も訪れないと言わんばかりなのである。

江口は宿の娘たちと会話を交わすことがない。彼女たちは裸で横たわっているだけだからである。これは「死」の状態を象徴するとも言えよう。この宿に通うのは、老人たちである。娘の死の前には、福良という、この宿で狭心症の発作を起こして突然死した老人の話も宿の女と交わされている。死に最も近いはずの老人たちが、娘の疑似死体とでも呼ぶべきものの横で添い寝をしに通ってくるのが、この物語の設定であった。老人たちの死の予行演習のような場が、この小説の異界だったのである。したがって、この宿へ通う行為自体が、老人たちの死の世界との往還であったということになろう。江口はかろうじて往還を保った。やはり何らかの特別性が与えられた物語の主人公だったのである。

この江口老人の「江口」という名にもこだわっておきたい。「その三」において、江口は「あるひは昔の説話のやうに、この娘がなんとかの仏の化身ではないかとまで考へられたりした。遊女や妖婦が仏の化身だつたといふ話もあるではないか」と考えている。これこそ、「江口の遊女」の話である。ここに、江口老人の名の種明かしを見て取ることも可能であろう。

「江口の遊女」説話の元となっているのは、西行と江口の遊女が交わしたという問答と歌である。西行は四天王寺に参詣した際、途中で雨が降ってきたので、近くの江口（淀川と神崎川が合流する所）で宿を借りようとしたが、出家者は泊めないと云うので、「世の中をいとふまでこそ難からめ仮の宿を惜しむ君かな」と書き付けて出ていったところ、遊女たちが呼び返して、「世をいとふ人とし聞けば仮の宿に心とむなと思ふばかりぞ」と返歌したという説話である。謡曲「江口」（もと「江口遊女」）もこの話を元として作られた夢幻能で、旅僧がこの江口を訪れ、西行と江口の君とのことを思い出し、西行の歌を口ずさむと、里の女が現われてその返歌を述べる。この里の女は実は江口の君の亡霊であり、夢幻能の常として、それを明かして前の場は終わる。後の場は、川舟に乗った江口の君が、多くの遊女を従えてやってきて、遊女生活の辛さなどを語る。そして最後に、江口の君は普賢菩薩の姿となり、舟は白象となって虚空に消えていく、というものである。要するに、西行伝説に、性空上人と室の津の遊女の普賢菩薩伝説などが合わさってできたものである。この伝説は、性空上人が生身の普賢菩薩を拝みたいと祈ったところ、神崎または室の遊女を拝め、とのお告げがあり、そのようにしたところ、遊女の前で目を閉じれば、普賢菩薩が見えたというものである。これらには、遊女という、性に関わる、通常下等の職業とされている人々が、実は聖なる存在であったという価値観の転倒が見られる。言い換えれば、エロスの性や生と聖性の聖との等価交換なのである。そしてこれが、作中における江口老人の死と性の考え方を反映しているとも考えられるわけである。

夢幻能もまた、生死の境の混濁した世界である。また、であればこそ夢幻の境地が現出するともいえよう。「眠れる美女」とは、まさしくそのような夢幻の空間を、エロスと死の匂いを以て描いた作品といえるのではあるまいか。

川端康成

一一八頁参照。

「眠れる美女」

初出は、雑誌『新潮』(一九六〇年一月号〜六月号、一九六一年一月号〜一一月号)に連載された。連載終了後、同年一一月に新潮社より単行本が刊行された。現在では『眠れる美女』(新潮文庫)で読むことができる。

四、宮本輝「泥の河」

宮本輝の「泥の河」（『文芸展望』一九七七年七月）にも、性の館が描かれている。主人公の信雄がふとしたことから知り合った喜一と、その姉の銀子が住む「舟の家」、すなわち廓舟である。その女主は彼らの母親である。

舟の家は、真ん中がベニヤ板で区切られ、入口も別で、ふだん信雄が訪れる、喜一や銀子がいる生活空間と、船尾の母の部屋との両方にそれぞれ渡しが架けられていた。

或る日、信雄が喜一を訪れると、姉弟の姿が無く、ベニヤ板の向こうから母親が、「のぶちゃん、こっちへ廻っといで」と呼ばれる。そこで信雄は初めて、その船尾の方の部屋を訪れる。

「信雄ですらやっとくぐれそうな小さな開き戸」があり、「開き戸の向こうはすぐ座敷になって」いる。「蒲団と粗末な鏡台だけの殺風景な」部屋である。

しかしながら、一つだけこの部屋を特別にする記号があった。香りである。そこには、「信雄がかつて嗅いだこともないような甘く湿っぽい、それでいてけっして心楽しくはない香りが漂っていた」のである。さらにこの香りは、以下のように執拗に描写される。

部屋の中にそこはかとなく漂っている、この不思議な匂いは、霧状の汗とともに母親の体から忍び出る疲れたそれでいてなまめいた女の匂いに違いなかった。そして信雄は自分でも気づかぬまま、その匂いに潜んでいる疼くような何かに、どっぷりとむせかえっていた。信雄は落ち着かなかった。と同時に、いつまでもこの母親の傍に坐っていたかった。

この匂いが、信雄の性を目覚めさせる感覚を同時に譬喩することは見て取りやすいところであろう。後にも、「黙って鏡台の前に坐った瞬間の母親の痩身が、あの不思議な匂いと一緒に、信雄の脳裏に沸きあがった」という表現が見える。

さらにこの信雄の感覚は、喜一の姉銀子にも向けられている。信雄が初めて舟の家を訪れた際、銀子が舟の上では貴重な水で、信雄の足を洗ってくれた。その「こそばい」感覚については、後に、「突然、少女の優しい指の動きが、さらには背筋を這い昇るそのくすぐったい感触が、切ない、そして寂しいものとして信雄の足先に甦ってきた」と書かれている。ここに信雄の銀子への、淡くも確かに肉体的な性と結びついた思いを見て取ることも可能であろう。「舟の家」のうち、銀子がいる生活空間もまた、信雄にとっての性の異界だったのである。そしてそこにも、或る匂いが関与している。「信雄は銀子に体を寄せた。あの母親とよく似た匂いが、銀子の体からも漂ってきそうな気がしたのだった」という表現にそれは明確に示されている。信雄は、銀子に、その母と同じ匂いを嗅いでいた、あるいは嗅ごうとしていたのである。

時に異界には、特別の香りや匂いが漂う。言い換えれば、特別の匂いや香りがすることで、異界は現実界と区別されるのである。

ただし信雄は、二度とその部屋を覗くことはなかった。本能的な禁忌の感覚が、信雄を廓舟自体から遠ざける。そしてやがて、「舟の家」は、係留されていた場所を離れ、川を遡っていった。こうして信雄にとっての「舟の家」は、再訪できない永遠の異界として、目の前から姿を消したのである。

宮本輝（みやもと・てる　一九四七〜）

兵庫県神戸市生れ。本名は宮本正仁。追手門学院大学文学部卒業。広告代理店勤務等を経て、一九七七年、戦後の大阪を描いた「泥の河」でデビュー。同作で太宰治賞。翌年「螢川」で芥川賞を受賞。一九八六年には『優駿』で吉川英治文学賞を受賞している。ほか、代表作に、『道頓堀川』『錦繡』『流転の海』『優駿』（吉川英治文学賞）『約束の冬』（芸術選奨文部科学大臣賞）『骸骨ビルの庭』（司馬遼太郎賞）などがある。二〇一〇年、紫綬褒章受章。二〇一八年には自伝的大河小説「流転の海」シリーズが完結した。

「**泥の河**」

初出は『文芸展望』一八号（一九七七年七月）。筑摩書房より刊行された『螢川』（一九七八年）に収録。現在は『蛍川・泥の河』（新潮文庫）で読むことができる。

第六章
内なる異界としての幻覚・夢・病気

異界には、大きく二つが想定される。一つは桃源郷や竜宮城のような楽しく過ごせる夢の世界、もう一つは、化け物の住むような恐るべき世界である。これらは、極楽と地獄の対と同じで、人々の憧れと恐れという、二つの感情を反映したものであろう。

ところがこの憧れと恐れという一見正反対に見える感情は、必ずしも逆の方向性を示すものではない。憧れつつ恐れ、恐れつつ憧れるという感情は、しばしば体験されるところであろう。この二つの感情は、実は、人のひとつの心の中に混在しているものなのであろう。そしてその混在が混在のまま姿を現す場合もある。それが、幻覚や夢を見る時や、病気などの状態なのではあるまいか。

一、萩原朔太郎「猫町」

「猫町」（『セルパン』一九三五年八月）は、ごく短い短篇小説で、冒頭にも「散文詩風な小説（ロマン）」と作者によって註記されている。「1」から「3」の三章からなるが、「2」の「北越地方のKといふ温泉に逗留」していた際の異界体験が中心となっている。そして「1」にも「3」にも、この出来事のリアリティーを自己弁護するような文章が執拗に重ねられる。

猫ばかり住むという点において特殊であるこの異界は、いわゆる別世界ではない。この小説の異界は、「私」の体験の中でのみ、しかも一時的に、異界に変化する。ここには、異界の風景を見た人の、自己の認識への省察が強く見られる。この点が、「猫町」の異界性を他の異界のそれとやや区別する。

例えば「1」の終わり近くには、これから語る「2」の猫町の話について、以下のように説明されている。

読者にしてもし、私の不思議な物語からして、事物と現象の背後に隠れてゐるところの、或る第四次元の世界――景色の裏側の実在性――を仮想し得るとせば、この物語の一切は真実である。だが諸君にして、もしそれを仮想し得ないとするならば、私の現実に経験した次の事実も、所詮はモルヒネ中毒に中枢を冒された一詩人の、取りとめもないデカダンスの幻覚にしか過ぎないだらう。

このとおり、用意周到にその異様な出来事の受容が促されているのである。「猫町」の出来事が語り終えられた後にも、作者は次のような言葉を添えている。

人は私の物語を冷笑して、詩人の病的な錯覚であり、愚にもつかない妄想の幻影だと言ふ。だが私は、たしかに猫ばかりの住んでる町、猫が人間の姿をして、街路に群集して居る町を見たのである。理窟や議論はどうにもあれ、宇宙の或る何所かで、私がそれを「見た」といふことほど、私にとつて絶対不惑の事実はない。

デカルトの思索のようなこの種の弁解はこの後も続けられる。なぜこのような、やや執拗とも見える弁解が必要だったのであろうか。「幻覚」や「錯覚」「幻想」などに否定的な読者への反論の布石であろうか。あるいは、エピグラフにショーペンハウエルの「蠅を叩きつぶしたところで、蠅の「物そのもの」は死にはしない。単に蠅の現象をつぶしたばかりだ。――」が用いられていることから窺えるような、ショーペンハウエルの現象学的思考の強い影響からであろうか。

それにしては、「猫町」の「私」の行動は、自己の認識の頼りなさを強調するようなものばかりであろう。「私」は、読者に対しては、単なる「幻覚」や「錯覚」ではないと述べる一方で、その行動は、「幻覚」や「錯覚」を頼るようなものばかりなのである。「1」には、冒頭から彼の旅行に対する考え方が縷々述べられていた。

旅への誘ひが、次第に私の空想(ロマン)から消えて行つた。昔はただそれの表象、汽車や、汽船や、見知らぬ他国の町々やを、イメーヂするだけでも心が躍つた。しかるに過去の経験は、旅が単なる「同一空間に於ける同一事物の移動」にすぎないことを教へてくれた。何処へ行つて見ても、同じやうな人間ばかり住んで居り、同じやうな村や町やで、同じやうな単調な生活を繰り返して居る。(略)旅への誘ひは、私の疲労した心の影に、とある空地に生えた青桐みたいな、無限の退屈した風景を映像させ、どこでも同一性の方則が反復してゐる、人間生活への味気ない嫌厭を感じさせるばかりになつた。私はもはや、どんな旅にも興味とロマンスを無くしてしまつた。

しかしながらこれは、旅への憧れの喪失だけを意味するのではなかった。「同一空間に於ける同一事物の移動」という行為の否定であった。そこで彼は、禁断の手段をも用い、人工的な夢を現出させる。

久しい以前から、私は私自身の独特な方法による、不思議な旅行ばかりを続けてゐた。その私の旅行といふのは、人が時空と因果の外に飛翔し得る唯一の瞬間、即ちあの夢と現実との境界線を巧みに利用し、主観の構成する自由な世界に遊ぶのである。と言つてしまへば、もはやこの上、私の秘密に就いて多く語る必要はないであらう。ただ私の場合は、用具や設備に面倒な手数がかかり、且つ日本で入手の困難な阿片の代りに、簡単な注射や服用ですむモルヒネ、コカインの類を多く用ゐたといふことだけを附記しておかう。

もちろんこれではいずれ肉体も精神もその健康を害する。そこで選ばれたのが、以下の方法であった。

或る日偶然、私の風変りな旅行癖を満足させ得る、一つの新しい方法を発見した。（略）私の通る道筋は、いつも同じやうに決まつて居た。だがその日に限つて、ふと知らない横丁を通り抜けた。そしてすつかり道をまちがへ、方角を解らなくしてしまつた。元来私は、磁石の方角を直覚する感官機能に、何かの著るしい欠陥をもつた人間である。そのため道のおぼえが悪く、少し慣れない土地へ行くと、すぐ迷児になつてしまつた。その上私には、道を歩きながら瞑想に耽る癖があった。（略）私は道に迷って困惑しながら、当推量で見当をつけ、家の方へ帰らうとして道を急いだ。（略）ふと或る賑やかな往来へ出た。それは全く、私の知らない何所かの美しい町であった。（略）

私は夢を見てゐるやうな気がした。（略）だがその瞬間に、私の記憶と常識が回復した。気が付いて見れば、それは私のよく知つてる、近所の詰らない、有りふれた郊外の町なのである。（略）そしてこの魔法のやうな不思議の変化は、単に私が道に迷つて、方位を錯覚したことにだけ原因して居る。

どうやら「私」の旅行癖とは、迷子になることへの憧れから来るものだったようなのである。彼の旅行や散歩は、わざと困惑するように、行き先を誤るのである。このような行動類型こそが、「私」を異界に導く最大のものである。彼は迷子になるべくして迷子になる。また、「狐に化かされる」べくして「狐に化かされる」のである。そもそも彼は、現実界から脱したいがために迷子になり、「狐に化かされる」。彼の異界体験とは、いわば、迷子になることであり、「狐に化かされる」こと自体なのである。そしてその延長線上に、猫が居たのである。

或る日、「私」は、軽便鉄道を途中下車し、峠の山道を歩いてU町の方へ歩く。その際、「この地方の山中に伝説してゐる、古い口碑」のことを考えている。これまで見てきたような、異界への訪問譚の条件をいくつか兼ね備えている。口碑とは、「或る部落の住民は犬神に憑かれて居り、或る部落の住民は猫神に憑かれて居る」というような話で、「「憑き村」の人々は、年に一度、月の無い闇夜を選んで祭礼をする。その祭の様子は、彼等以外の普通の人には全く見えない。稀れに見て来た人があつても、なぜか口をつぐんで話をしない。彼等は特殊の魔力を有し、所因の解らぬ莫大の財産を隠して居る。等々。」である。

こうしているうちに、「私」は「道を無くし」、瞑想から醒めた時に、「迷ひ子！」という「心細い言葉」が心に浮かぶ。まさに、「1」で説明のあったとおりの展開である。そして幾時間か山中を彷徨った後、麓に到着する。そこには、「繁華な美しい町」があった。言うまでもなくこれが「猫町」である。

「2」の終わりには、ここで起こったことの極めて論理的な説明が「私」によって為されている。

山で道を迷つた時から、私はもはや方位の観念を失喪して居た。私は反対の方へ降りたつもりで、逆にまたU町へ戻つて来たのだ。しかもいつも下車する停車場とは、全くちがつた方角から、町の中心へ迷ひ込んだ。そこで私はすべての印象を反対に、磁石のあべこべの地位で眺め、上下四方前後左右の逆転した、第四次元の別の宇宙（景色の裏側）を見たのであつた。つまり通俗の常識で解説すれば、私は所謂「狐に化かされた」のであつた。

これが、彼が迷子になり、「狐に化かされる」過程である。

それにしても、「憑き村」の犬神や猫神の口碑と猫町や狐などの象徴体系を始め、この作品の構成はかなり緊密に計算し尽くされたものである。読書行為に「迷子」することからはほど遠く、作者という「狐に化かされた」感もない。リアリティーを確保しながら異界を描くことの困難さに改めて気づかされるのである。

萩原朔太郎（はぎわら・さくたろう　一八八六〜一九四二）
群馬県前橋市生まれ。慶應義塾大学予科中退。旧制前橋中学時代より短歌で活躍、マンドリン、ギターを愛好し音楽家を志ざすも挫折。一九一三年、前橋への帰郷後、北原白秋主宰の詩歌誌『朱欒』で詩壇デビュー。室生犀星、山村暮鳥と人魚詩社を結成、機関誌『卓上噴水』を創刊、一九一六年には室生犀星と『感情』を創刊した。一九一七年に『月に吠える』を刊行し、詩壇における地位を確立した。主な著作に、『蝶を夢む』、『青猫』、『純情小曲集』、『虚妄の正義』、『絶望の逃走』、『宿命』などがある。

「猫町」
初出は『セルパン』（一九三五年八月号）。その後、『猫町』（版画荘、一九三五年）として書籍化された。現在では、『猫町　他十七篇』（岩波文庫）、『萩原朔太郎』（ちくま日本文学、ちくま文庫）で読むことができる。

二、宮澤賢治「銀河鉄道の夜」

「銀河鉄道の夜」（生前未発表）の舞台は、ほぼ、銀河鉄道の客車の中である。ここでジョバンニはカムパネルラと共に、鉄道の旅をしている。しかしながら、作品は、ジョバンニとカムパネルラの通う学校の教室から始まり、ジョバンニのアルバイト先である活版所や、ジョバンニの家、また母のために訪れる牛乳屋など、彼らの住む現実界の描写も為されている。ここから、なぜかジョバンニは、銀河鉄道に乗り込むことになる。その展開は急である。

> 気がついてみると、さっきから、ごとごとごとごと、ジョバンニの乗ってゐる小さな列車が走りつづけてゐたのでした。ほんたうにジョバンニは、夜の軽便鉄道の、小さな黄いろの電灯のならんだ車室に、窓から外を見ながら座ってゐたのです。

この時点からは、気がつく前の状態は不明である。眠っていたとも明示されていない。とにかくジョバンニは、突然、この軽便鉄道に乗ったのである。

また、すぐ前の席に、カムパネルラが座っていることにも気づく。一緒に乗ったわけではない。

こうして二人は、車窓からさまざまな風景を眺め、「二十分停車」する駅では、改札口から外へも出て、鳥を捕る人に出会ったりもしている。そしてさらに旅を続けるのである。

そして、「「銀河鉄道の夜」初期形三」によると、「さっきまでカムパネルラの座ってゐた席に黒い大きな帽子をかぶった青白い顔の瘠せた大人」が座り、カムパネルラは代わりにどこかに行ってしまっていない。このブルカニロ博士にいろいろなことを教えられた後に、再び曖昧な境界の時間が訪れ、以下のようにジョバンニは現実界に戻ってくる。

ジョバンニは眼をひらきました。もとの丘の草の中につかれてねむってゐたのでした。胸は何だかおかしく熱り頰にはつめたい涙がながれてゐました。

ここで、読者は、これまでの彼の旅が、眠りの中の夢の出来事であったことを知らされる。そして、再び牛乳屋を訪れて、牛乳の瓶を受け取り、カムパネルラが水に落ちたことを知らされる。ここで時間が元に戻るわけである。カムパネルラを探しに来た父親は、「もう駄目です。落ちてから四十五分たちましたから」と「きっぱり」述べる。我々読者が、ジョバンニとカムパネルラと共に銀河鉄道で旅した感覚は、そういえば、四十五分ほどだったかもしれない。

ここで留意しなければならないのは、軽便鉄道により、どこかに行ってしまうカムパネルラと、現実界に戻るジョバンニとが共に運ばれている点である。つまり、この汽車は、現実界から異界へ向かうものとも断じることができない境界性を持つのである。ジョバンニは、カムパネルラを途中まで見送った存在と言えるが、一方で、最初から何かを期待された、いわば選ばれた存在であったことも示されている。「「銀河鉄道の夜」初期形二」のブルカニロ博士は、以下のようにジョバンニに告げている。

「さあ、切符をしっかり持っておいで。お前はもう夢の鉄道の中でなしに本統の世界の火やはげしい波の中を大股にまっすぐに歩いて行かなければいけない。天の川のなかでたった一つのほんたうのその切符を決しておまへはなくしていけない。」（略）「ありがたう。私は大へんいゝ実験をした。私はこんなしづかな場所で遠くから私の考を人に伝へる実験をしたいとさっき考へてゐた。お前の云った語はみんな私の手帳にとってある。さあ帰っておやすみ。お前は夢の中で決心したとほりまっすぐに進んで行くがいゝ。そしてこれから何でもいつでも私のとこへ相談においでなさい。」

こうして、博士から切符を手渡されたジョバンニは、丘を下り、先に見た目覚めの場面のとおり、夢から覚める。選ばれた存在である主人公の帰還である。「高野聖」の旅僧がそうであるように、主人公が何らかの理由で帰還できたがために、物語は語り継がれた。帰還がないと物語は成立しない。ジョバンニは最初から帰還が定められている存在である。

体験した出来事の大きさや境遇の劇的変化の度合いから言えば、カムパネルラもまた物語の主人公たるべき資格を有しているはずである。しかし、彼は、往ってしまうだけの軌跡を残す。ちょうど、夢幻能のシテの役どころに近い。一方、ジョバンニは、このシテと出逢う、ワキの旅僧に準えることができる。

それが旅の途中であることが、実は物語の構造上、重要なのである。移動手段としての鉄道は、そのことを忠実に示す道具立てということができよう。

宮澤賢治（みやざわ・けんじ　一八九六〜一九三三）
岩手県稗貫郡花巻（現花巻市）生まれ。盛岡高等農林学校卒。一九二一年から花巻農学校教諭として働く傍ら、多くの小説、童話、詩を執筆した。一九二六年には、農民の生活向上を目指して農業指導実践のため羅須地人協会を設立するも、過労で肺結核が悪化。その後は病床で創作、改稿を行った。生前に刊行された本は、詩集『春と修羅』、童話集『注文の多い料理店』（ともに一九二四年）の二冊のみだったが、没後、全集の刊行など再評価が進み、いまもなお多くの著作が刊行され、また研究もなされている。

「銀河鉄道の夜」

初出は、没後の一九三四年に刊行された、高村光太郎らが編纂した『宮沢賢治全集　第3巻』（文圃堂）に掲載。なお、作品は未定稿のため、いくつかのバリエーションがある。現在では、『銀河鉄道の夜』（新潮文庫、角川文庫、集英社文庫）などで読むことができる。

三、夏目漱石「夢十夜」

夏目漱石の「夢十夜」（『東京朝日新聞』『大阪朝日新聞』一九〇八年七月二五日〜八月五日）の一〇の物語の内、第一夜、第二夜、第三夜、第五夜は、「こんな夢を見た」というフレーズで語り始められる。この言葉は、語り手が夢の外すなわち現実に生きて、同じ次元に位置する我々読者に、夢の世界を語るという枠組の存在を示す。

夢を夢のまま語ろうとしても、夢の文法が現実の文法と異なる限り、現実の読者にはうまく伝わらない。このことは、夢を見た際にその内容を書き留めようとする場合の困難によって明らかであろう。夢は、いったん、現実に引き戻され、論理的に並び変えて初めて、現実界に生きる読者が読むに耐えるものになる。しかしその時、その夢は、本来見た夢と同じではない。このジレンマを超えるために、最小限の設定として書かれたのが、この「こんな夢を見た」というフレーズだったのであろう。我々は、この作者の意図を汲み、このフレーズ以外は、夢の中そのものと仮定して読むべきなのである。つまり、夢の記述というのは、必然的に、夢と現実の往還であるが、そのことを最小限の意識下に置いて、夢の中に入り込むことが、ここでは求められている。

例えば、第三夜は、以下のような文章で始まる。

こんな夢を見た。

六つになる子供を負つてる。慥に自分の子である。只不思議な事には何時の間にか眼が潰れて、青坊主になつてゐる。自分が御前の眼は何時潰れたのかいと聞くと、なに昔からさと答へた。声は子供の声に相違ないが、言葉つきは丸で大人である。しかも対等だ。

この部分には、夢の世界に十分に入り込めていない、論理的判断の主である「自分」と、「六つ」であることと大人の「青坊主」であることの双方の要素を併せ持つ、不思議な存在としての自分の「子供」とが、奇妙な形で出会う瞬間が書き留められようとしている。この後の「左右は青田である」という風景描写から始まる物語の舞台は、夢の中の筈であるが、それでも時折、「自分は我子ながら少し怖くなつた。こんなものを背負つてゐては、此の先どうなるか分らない」などといった、現実的判断らしきものも交えられている。この一瞬は、語り手である「自分」が現実界に帰って来ているようなのである。そして恐怖感の絶頂としての結末が迎えられる。

「御前がおれを殺したのは今から丁度百年前だね」
自分は此の言葉を聞くや否や、今から百年前文化五年の辰年のこんな闇の晩に、此の杉の根で、一人の盲目を殺したと云ふ自覚が、忽然として頭の中に起つた。おれは人殺であつたんだなと始めて気が附いた途端に、背中の子が急に石地蔵の様に重くなつた。
「うん、さうだ」と思はず答へて仕舞つた。（略）
「御父さん、其の杉の根の処だつたね」

この結末が恐ろしいのは、それまで現実界から常識的に向けられていたはずの夢への論理的判断が、夢の中の事実によって転覆させられてしまう点である。我々読者が、夢の解説者だと信じていたはずの語り手が、急に、夢の内容の保証者に転換してしまうのである。ここに至って、夢と対置される現実界が急に不安定な存在となる。やはりここで現実側にいると思わせていた語り手もまた、夢の住人だったのである。我々は、物語が終わり、本の頁を閉じることによってしか、この現実界に帰って来られないのである。

漱石が作りたかった夢の物語とは、このような、現実らしさをいったん作った上で、それをも含み込む形で成立する世界だったようである。

夏目漱石

三二頁参照。

「夢十夜」

初出は、東京・大阪の『朝日新聞』（一九〇八年七月二五日～八月五日）。一九一〇年に作品集『四編』（春陽堂）に所収された。現在では、『夢十夜　他二篇』（岩波文庫）、『夢十夜・草枕』（集英社文庫）、『文鳥・夢十夜』（新潮文庫）、『文鳥・夢十夜・永日小品』（角川文庫）などで読むことができる。

四、内田百閒「冥途」

漱石の「夢十夜」の「こんな夢を見た」に当たるような言葉を外して、夢の中をいきなり語り出すのが、内田百閒の作品集『冥途』(稲門堂書店、一九二二年二月)や『旅順入城式』(岩波書店、一九三四年二月)の諸作品である。作中に登場する「私」も、この現実界から夢の世界へ往復するのではなく、いきなり夢の中で息をし始める。しかしながら、これを書いている作者らしく思われる「私」の存在が、作者に混乱を与える。この「私」は、今、どこで語っているのであろうか。この時間の混乱は、夢を語ることを可能とする方法の代表的なものである。「私」は夢の中に居て、この書かれた作品だけが現実の世界に繋がっているという構えが、夢語りのリアリティーを支える重要な鍵なのである。

『冥途』の表題作である「冥途」(『新小説』一九二一年一月)には、その典型が示されている。この中の語り手である「私」は、作中の時間の中にいながら、其の中でも、過去と現在とを行ったり来たりしている。作品の冒頭近くには、以下のような場面が描写される。

私の隣りの腰掛に、四五人一連れの客が、何か食つてゐた。沈んだやうな声で、面白さうに話しあつて、時時静かに笑つた。その中の一人がこんな事を云つた。

「提燈をともして、お迎へをたてると云ふ程でもなし、なし」

私はそれを空耳で聞いた。何の事だか解らないのだけれども、何故だか気にかかつて、聞き流してしまへないから考へてゐた。するとその内に、私はふと腹がたつて来た。私のことを云つたのらしい。振り向いてその男の方を見ようとしたけれども、どれが云つたのだかぼんやりしてゐて解らない。その時に、外の声がまたかう云つた。大きな、響きのない声であつた。

「まあ仕方がない。あんなになるのも、こちらの所為だ」

その声を聞いてから、また暫らくぼんやりしてゐた。すると私は、俄にほろりとして来て、涙が流れた。何といふ事もなく、ただ、今の自分が悲しくて堪らない。けれども私はつい思ひ出せさうな気がしながら、その悲しみの源を忘れてゐる。

ここに書かれた時間は複雑である。「今」の自分は、この四五人の客と時間を同じくしていて、さらにそこから悲しみの源泉となる時間を「思ひ出」そうとしている。それにしても、この場面だけでは、何のことか「ぼんやりしてゐて解らない」のは、「私」のみならず、読者も同様であろう。

やがてそれは、「なつかしさ」を伴う感覚を「私」に次第にもたらす。

「お父様」と私は泣きながら呼んだ。

けれども私の声は向うへ通じなかつたらしい。みんなが静かに起ち上がつて、外へ出て行つた。

「さうだ、矢つ張りさうだ」と思つて、私はその後を追はうとした。けれどもその一連れは、もうそのあたりに居なかつた。

そこいらを、うろうろ探してゐる内に、その連れの立つ時、「そろそろまた行かうか」と云つた父らしい人の声が、私の耳に浮いて出た。私は、その声を、もうさつきに聞いてゐたのである。

このうちの最後の一文は重要である。「私」は、夢の中で、時間の歪みに遭遇し、これを認識している。このような時間の歪みこそが、異界であることを示す徴なのである。

この後、「一連れ」が土手の上を行くのが見え、私は「その影を眺めながら、長い間泣いてゐた」。そして、「土手を後にして、暗い畑の道へ帰つて来た」のである。物語内での、「土手」から「畑の道」への帰還である。作中の「私」は、現実界の語り手のような安定した時間軸を持っていない。異界としての夢の世界を語ることを可能にしたのは、このような、「私」を不安定な場所に抛り出す方法だったのである。

内田百閒（うちだ・ひゃっけん　一八八九〜一九七一）

岡山市の酒造家の一人息子として生れる。本名・内田栄造。別号・百鬼園。旧制六高を経て、東京大学独文科に入学。在学中に漱石門下の一員となり、芥川龍之介、鈴木三重吉、小宮豊隆、森田草平らと親交を結ぶ。東大卒業後は陸軍士官学校、海軍機関学校、法政大学のドイツ語教授を歴任。一九三四年、大学を辞職して文筆生活に入る。代表作は『冥途』、『旅順入城式』、『百鬼園随筆』、『ノラや』、紀行『阿房列車』など。

「冥途」

初出は、内田曳象という名前で『東亞之光』（一九一七年）に掲載。一九二一年には『新小説』にも掲載され、その後、短編集『冥途』（稲門堂書、一九二二年）が刊行された。現在では、『冥途・旅順入城式』（岩波文庫）で読むことができる。

五、芥川龍之介「河童」

芥川龍之介の「河童」（『改造』一九二七年三月）もまた、典型的な枠物語の構造を持つ。「序」には、以下のように、主人公である語り手の語りの枠が示される。

これは或精神病院の患者、――第二十三号が誰にでもしやべる話である。（略）僕はかう云ふ彼の話を可なり正確に写したつもりである。若し又誰か僕の筆記に飽き足りない人があるとすれば、東京市外××村のS精神病院を尋(ママ)ねて見るが善い。（略）最後に、――僕はこの話を終つた時の彼の顔色を覚えてゐる。彼は最後に身を起すが早いか、忽ち拳骨をふりまはしながら、誰にでもかう怒鳴りつけるであらう。――「出て行け！　この悪党めが！　貴様も莫迦な、嫉妬深い、猥褻な、図々しい、うぬ惚れきつた、残酷な、虫の善い動物なんだらう。出て行け！　この悪党めが！」

このとおり、まずこの病院が第一段階の異界として設定されている。また、我々読者もまた、この病院を「尋(ママ)ねて見るが善い」という言葉によって、異界への訪問の可能性を示唆されている。

そうして彼の語りが開始されるわけであるが、彼の体験した河童の国は、第二段階の異界として、実にわかりやすい昔話の話型をなぞっている。

三年前の夏のことです。僕は人並みにリュック・サックを背負ひ、あの上高地の温泉宿から穂高山へ登らうとしました。穂高山へ登るのには御承知の通り梓川を遡る外はありません。（略）

しかし僕の目を遮るものはやはり深い霧ばかりです。（略）僕はとうとう我を折りましたから、岩にせかれてゐる水の音を便りに梓川の谷へ下りることにしました。

（略）

僕は水ぎはの岩に腰かけ、とりあへず食事にとりかかりました。（略）すると、

——僕が河童と云ふものを見たのは実にこの時が始めてだつたのです。

「僕」は、具体的な異界に入る前に、河童と出逢ったのである。「僕」は逃げ出した河童を追いかけ「それから僕は三十分ばかり、熊笹を突きぬけ、岩を飛び越え、遮二無二河童を追ひつづけ」る。やがて、放牧の牛が河童の前に立ちはだかったため、河童は、「一きは高い熊笹の中へもんどりを打つやうに飛び込」む。これが、異界の入口である。「するとそこには僕の知らない穴でもあいてゐたのでせう。僕は滑かな河童の背中にやつと指先がさはつたと思ふと、忽ち深い闇の中へまつ逆さまに転げ落ちました」と、それは「穴」の譬喩を用いて書かれている。

こういう場合、昔話の多くの登場人物がそうであるように、「僕」も、「いつの間にか正気を失つて」「そのうちにやつと気がついて見ると、僕は仰向けに倒れたまま、大勢の河童にとり囲まれて」いた。この章からは、ちょうど舞台の暗転のように、世界は異界に移っている。

この異界、すなわち河童の世界での出来事についても、本稿では省略することにする。この世界で、医者のチャックや漁夫のバッグ、学生のラップや詩人のトック、作曲家のクラバックや硝子会社の社長のゲエル、哲学者のマッグや裁判官のペップなど、様々な河童と交流し、とうとう人間の国へ帰りたいと思い、街はずれに住む年をとった河童の処へ出かける。その河童は天窓を開け、「さあ、あすこから出て行くが好い」と教えてくれる。

これが、この異界の出口である。この河童は、玉手箱を与える代わりに「唯わたしは前以て言ふがね。出て行つて後悔しないやうに」と告げたのである。

最終章はいきなり「僕は河童の国から帰つて来た後、暫くは我々人間の皮膚の匂に閉口しました」という、人間界の実感から語られる。そして、未だに河童の国から世話になった河童たちが見舞いにやってくるという。つまり、この病院が、河童の国との通路になっているというのである。

最後には、以下のような挿話が彼の口から語られる。

——ああ、このことは忘れてゐました。あなたは僕の友だちだつた裁判官のペップを覚えてゐるでせう。あの河童は職を失つた後、ほんたうに発狂してしまひました。何でも今は河童の国の精神病院にゐると云ふことです。僕はS博士さへ承知してくれれば、見舞ひに行つてやりたいのですがね……

ここで見事に、河童の国と人間の国との関係が相対化される。これは、精神病を介して語られる、正常と異常の反転の物語でもあろうが、ここでは、異界が現実界と転換する物語とも見ることができよう。

要するに、異界との往還とは、価値の相対化を示す話型としても機能するのである。

芥川龍之介（あくたがわ・りゅうのすけ　一八九二〜一九二七）

東京生まれ。東京帝大英文科卒。在学中から創作を始め、短編「鼻」が夏目漱石に激賞される。その後、今昔物語などから材を取った「羅生門」「芋粥」「藪の中」、中国の説話を基にした童話「杜子春」などを次々と発表、時代の寵児となる。代表作に「地獄変」、「歯車」、「或阿呆の一生」など。一九二五年頃から体調がすぐれず、「唯ぼんやりした不安」のなか、薬物自殺。

「河童」

初出は、『改造』（一九二七年三月号）。同年、岩波書店より刊行された『芥川龍之介全集 第4巻』に収録された。現在では、『河童 他二篇』（岩波文庫）、『河童・或阿呆の一生』（新潮文庫）、『河童・戯作三昧』（角川文庫）などで読むことができる。

六、武田泰淳「富士」

精神科病院を舞台とする正常異常の反転の物語小説としては、武田泰淳の「富士」（『海』一九六九年一〇月〜一九七一年六月）が思い浮かぶ。全一八章に、序章と終章を加えた二〇章からなる長篇大作である。本文に当たる一八章は、概ね、太平洋戦争の戦時中の富士山麓にある桃園病院を舞台とする。ただしそれは、病気が疑われる大島という、この病院の元演習学生の手記という形を採っている。これを挟むように、序章と終章の時間が置かれている。

精神科の病気が疑われる人間の手記という形式は、「河童」がそうであったように、このような記述を、当初より信頼度の低いものとするはずである。しかしながらこの小説の大島の質量ともに圧倒的な語りは、読み進めるにつれ、いつのまにかその設定を忘れさせるほど、「正常」なものである。

ただし、序章と終章の時間のずれは、読者に若干の不安と不信を投げかける。この語りは、どの時点からなされたものなのであろうか。

「序章」において、この手記が書かれた経緯については、以下のように説明されている。

　私の信頼する中学の同窓生。やさしい顔つき、やさしい態度の精神病院院長は、やさしく私に言う。
　「いつ来てもいいよ。君は入院の資格のある患者なんだからね」
　私は彼にすすめられ、彼に読んでもらうための手記を書きつづっている。

しかしながら、この「手記ノート」がいつ書かれたものであるのかは、実に曖昧なのである。

第一章に入り、しばらくは「あのころ、桃園病院の患者たちは「草をむしらせて下さい」と看護人にたのんでも、許されないことが多かった」という文章のように、過去を振り返る視線で書かれるが、やがて、次の文章が挟まれる。

私はここらで、戦時中の私のノートをたよりに、過去形の文章から、現在形、現在進行形の文章に移ることにする。それが、私の青春をとりもどすために、いくらかでも訳に立つことを願いながら。

この文章は、これ以降の手記が、戦時中のノートのままであるのか、現在形、現在進行形の文章で新たに書かれたものであるのかを、却ってわかりにくくしてしまうのである。

終章では、「精神病院の院長、すなわち現場責任の地位をうけつがずに、研究所入りしている」「私」が、妻を連れて、「昔なつかしい、わが病院、わが古戦場を訪ねた」場面が最後に置かれている。病院ではストライキが起こっている。

私より若い院長は、すでに白髪で、徹夜の団交がつづいているのに、さして疲れてはいない。かつて甘野先生がそうだったようにして、やさしい微笑、やさしい言葉づかい、やさしい冷静さを彼は失っていない。精神病院長を父にもつ妻が、この種の病院を参観するのは、はじめてのことであった。（略）

「奥さんが希望なさるのでしたら、いつでも入院はひきうけますよ。作業も娯楽も前よりずっと自由になっていますから」

妻が席をはずしているあいだに、彼は私にそう言った。

帰途の車の中でも、甘野（あるいは大島）マリはすこぶる上機嫌だった。「わたし、あそこにいると、何だか安心するわ」と、彼女は上気した顔で、はしゃいだ声で言った。

「あそこにいると、わたしが普通の人で、大丈夫な人間のように思われるもの。わたしを馬鹿にする人もいないし。わたしが偉くなったみたいで」

これが結末である。ここにも、世界の反転が描かれている。

ただ、序章の院長が「私の信頼する中学の同窓生」であったことと照らし合わせてみると、この後輩の新院長がその人でないことは明らかである。「私」も妻も、確固とした存在感の時点を持たないのである。

この小説に描かれるもう一人の主役で、精神病院の代表的な「患者」は、一条実見である。この患者についても、「私と同じ精神科の勉強をつづけていた」と第一章の冒頭近くに紹介されている。彼こそは、この小説の「正常」「異常」の判断の転倒を一身に体現する。

一条は、第二章「美貌青年と哲学少年」の冒頭で、病院を訪れた火田軍曹を見て、以下のように述べる。

「いやな匂いがする。下賤のやからの、いやな匂いがする」（略）

「大島さん。どうして窓をあけないんですか。この悪臭ふんぷんたる空気を、よく我慢できるものですね」

火田軍曹もまた、この男を露骨に嫌悪している。

この場面は、芥川龍之介の「河童」において、河童の国から戻ったばかりの「僕」が、「暫くは我々人間の皮膚の匂に閉口しました」と述べたことを想起させる。むしろ匂いという感覚の方が、論理的判断より優先されることが示されているかのようである。

精神科の病院が「異界」であるならば事は簡単であるが、「正常」「異常」の判断の転倒は、この異界との往還という設定をも無化する力を持つ。絶対的な「正常」すなわち現実側の旅僧のような人物が、絶対的な「異常」の国を訪れるということが否定されたからである。誰もが訪問者でありながら、誰もがこの世界の住人でもある。つまりそこは、異界であって現実界、現実界であって異界なのである。あるいはこのことが、境界性の本質なのかもしれない。精神科の病院とは、このような境界性を示す道具立てだったと考えられるのである。

武田泰淳（たけだ・たいじゅん　一九一二〜一九七六）

東京駒込生まれ。東大支那文学科に入学後まもなく、左翼活動で逮捕される。出署後、活動をやめ、東大も退学。一九三三年、竹内好らと「中国文学研究会」を創設。一九三七年に応召され、一九三九年に除隊された。一九四三年、『司馬遷』を刊行。一九四四年には上海に渡り、一九四六年の帰国後、旺盛な創作活動をはじめる。代表作に、「蝮のすゑ」『風媒花』、『森と湖のまつり』、『富士』など。一九七二年『快楽』で日本文学大賞、一九七六年には『目まいのする散歩』で野間文芸賞を受賞した。

「富士」

初出は、文芸誌『海』（一九六九年一〇月〜一九七一年六月）。一九七一年に中央公論社より、書籍が刊行されている。現在では、『富士』（中公文庫）で読むことができる。

七、安岡章太郎「海辺の光景」

「海辺の光景」（『群像』一九五九年一一月～一二月）の作中時間は、主人公浜口信太郎が、「精神病院」に入院中の母の危篤の報に接して駆け付け、臨終まで見守るたった九日間であるが、その間に、父信吉を含めた彼ら家族の過去が振り返られるために、厚みのある時間が語られている。このことも、「浦島太郎」の玉手箱を想起させる。

さて、物語は、一年前、母を入院させるために病院に向かうタクシーの車内の場面から始まる。このタクシーは、途中、「「部落民」と呼ばれる人たちの居住区」を通る。何気ない描写であるが、ここには、後に登場する精神病院の孕む差別の問題が先取りして提示されているとも考えられる。患者への差別的視線は、タクシーの運転手の「殊更のやうな大阪弁になりながら、「ははア、これでつか」と、自分の頭を指した手を空で二三度ふりまはすと、乱暴にハンドルを廻して、逆の方向にカーヴを切りなほした」という行動に典型的に示されている。この人間を無理矢理区分けする差別という根深い問題が、この作品の主調低音となっている。

この小説においても、病気が発端となって、人間において、正常とは何か、異常とは何か、という問題が問われている。それは、信太郎が何気なく話していた男が、やはり患者であったというシーンに凝縮されている。

> 信太郎は男と肩を並べて病室へ向つた。男は事務室で鍵の束を受けとつた。動物の檻のやうに並んだ個室の一番手前の扉のまへに立ち止ると、男は慣れた手つきで鍵をひらき、すこし背をまるめるやうにしながら、暗い病室へ這入りこんだ。信太郎はあやふく声を上げるところだつた。その病室が、この男の棲み家だった。軽症とはいへ、

彼もまた狂者の一人だつたのだ。

このとおり、正常者と異常者を分ける境界は極めて不明瞭である。我々は、このような正常者のような異常者を前にして、これまでその存在を信じてきた異常なるものとの明確な境界を失う。異常とは何か、そして正常とは何かについて考えざるを得ない。そしてこの問題検討への緩やかな誘い込みが、この小説には認められるのである。

それは、現実界と異界との境界性を譬喩する。我々が住んでいる場所が、必ずしも異界でないとは言えないかも知れない。そのことは、異界を見れば分かる。そこは、異常なものの住む場所であるはずであり、確かにそのような存在も見受けられるが、その視線を現実界に戻した際には、その異常性が、相対化されることも少なくないのである。

正常者側から異常者側へ向けられた視線は、一定の手続きを踏んで、正常者側の内なる異常に返ってくる場合がある。そして、異界往還小説の読書体験も、ある種の病院訪問と同等の、その手続きの一方法たりうるのである。

安岡章太郎（やすおか・しょうたろう　一九二〇〜二〇一三）

高知市生まれ。慶大在学中に入営、結核を患う。戦後、カリエスを病みながら小説を書き始め、一九五三年、「陰気な愉しみ」、「悪い仲間」で芥川賞受賞。吉行淳之介らと共に「第三の新人」と目された。一九五九年「海辺の光景」で芸術選奨と野間文芸賞、一九八一年「流離譚」で日本文学大賞、一九九一年「伯父の墓地」で川端康成賞を受けた。日本芸術院会員。文化功労者。

「海辺の光景」

初出は『群像』（一九五九年一一、一二月号）。同年一二月に講談社から単行本が刊行された。現在では、『海辺の光景』（新潮文庫）で読むことができる。

第七章 伝奇の中の異界

近代文学のリアリティーの確保との関連を視野に入れつつ、近代以降の世界を舞台とするあらゆる小説にも、往還を主軸とする物語原理が見て取れるのではないかという目論見から始めた本書からは、そもそも当初から異界を描くいわゆる伝奇ロマンは省くべきなのかもしれない。しかしながら、近代における伝奇ロマンの構造は、異界往還を示すのに、あまりに魅力的で、捨てるに忍びない。ごく代表的なものだけを拾っても、以下のとおり、我々読者がなぜ小説を好むのかについて、圧倒的な力で示してくれる。

小松和彦の『鬼の玉手箱』（青玄社、一九八六年一〇月）に収められた「妖怪学と伝奇ロマン」（初出『Harvester』一九八二年三月、原題「鬼の復権を求めて」）には、「伝奇ロマンは読者に奇異なるイメージを喚起させる〝奇〟を織り込んだ小説であり、この〝奇〟が小説のなかで占める役割が大きければ大きいほど伝奇性が高い小説と言える」と書かれた後、以下のような文章が続けられている。

> 日常世界から逸脱し排除されている奇なるものは、日常世界の属性である秩序、正常、生、現世、人間性といったものの逆の属性と結びついている。奇なるものは、具体的には多種多様である。たとえば、食人、死姦、獣姦、狂気、いずれも奇なるものである。そしてこうした奇なるものの依代として想像されたものが、《鬼》であり《妖怪》なのであった。それは正常な人間に対置された奇なる人間、日常世界を逸脱したあるいはそこから排除された人間、もはや人間でなくなった人間であった。あるいはまた、日常世界の人間でない者は、日常世界に住む人びとといろいろと異なっているがゆえに、奇なるイメージを喚起させ、そのために《鬼》や《妖怪》として位置づけられたのであった。

これはあたかも「神州纐纈城」などの書評そのものであろう。

少しその世界を楽しんでみたい。

一、国枝史郎「神州纐纈城」

「神州纐纈城」（『苦楽』一九二五年一月〜一九二六年一〇月）は、実に魅力的な傑作ながら、文学史においてはほとんど扱われない作品である。三島由紀夫が「小説とは何か」（『波』一九六八年五月〜一九七〇年一一月）で絶賛したことが数少ない評価であり、長らく読むことも困難であった。

この小説には、二重の異界が仕掛けられている。一つは、武田の家臣でこの小説の主人公である、土屋庄三郎が訪ねる富士の裾野の纐纈城という異界である。そしてもう一つは、読者がこの土屋庄三郎を案内人として誘われる、戦国時代の作中世界である。

まず作中世界自体が戦国という遠い時代の物語である上に、その時代の中においても、主人公が暮らす日常世界から隔絶した別世界の物語であることが、この小説を、近代小説の範疇から追い出したのかもしれない。それにしても、このような小説が含まれない文学史というのは、実に寂しいものに相違ない。

三島由紀夫は、以下のように述べている。

一読して私は、当時大衆小説の一変種と見做されてまともな批評の対象にもならなかつたこの作品の、文藻のゆたかさと、部分的ながら幻想美の高さと、その文章のみごとさと、今読んでも少しも古くならぬ現代性とにおどろいた。これは芸術的にも、谷崎潤一郎氏の中期の伝奇小説や怪奇小説を凌駕するものであり、現在書かれてゐる小説類と比べてみれば、その気稟の高さは比較を絶してゐる。

手放しの絶賛である。この評価が正しければ、確かに近代文学史から外すにしのびない。

続けて三島は、作品を以下のように紹介する。

富士の本栖湖の只中に水城があつて、いつも煙霧に包まれて見えないが、この城の秘密は地下の工場で、人血を絞つて纐纈なる紅巾を製り、又、その城主が、奔馬性癩の重患にかかつて、崩れる全身を白布で包んでゐることである。望郷の想ひにかられて城主が城を出奔し、甲府城下まで駈け戻ると、その指に触れたものは忽ち感染し、これを介抱する者もたちどころに癩者となるのである。
作者には陰惨、怪奇、神秘、色彩の趣味が横溢してゐた。小説はまづ、秘密への好奇の心をそそり立てねばならぬことを知悉してゐた。

ここには二つの往還が指摘されている。一つは、城主の本栖湖の城と、故郷たる甲府城下との往還、もう一つは、読者の「秘密への好奇の心」による、物語世界と現実世界との往還である。これが先に指摘した、土屋庄三郎の富士の裾野への迷い込みと、読者の戦国時代の作中世界への迷い込みの二つと対応していることは言うまでもない。

物語は第一回から、土屋庄三郎が我々読者を異界である戦国時代へと殊更に誘う造りを見せている。冒頭の一文は「土屋庄三郎は邸を出てブラブラ条坊を彷徨った」である。そうして、「神明の宮社」で、老人から纐纈染めらしき布を見せられる。この後、庄三郎と武田信玄とのやりとりなどが紹介され、第一回の最後の節である「六」において、舞い飛ぶ紅巾を追いかけ、富士の裾野へと誘われる。そこでも「杣夫（そま）」らしき老人と出会い、以下のような会話が交わされる。

「東へ行けば富士のお山、西へ辿れば本栖の湖、北へ帰れば人界でございます」

「いや人界とは面白い。それでは他は魔界かな」
庄三郎は笑いながら云った。
「はい、魔界でございますとも」
老人の言葉は真面目である。

この後、人馬の音が聞こえて来て、第二回に続くということになる。

この小説は、第二一回まで続く長篇であるが、実はそれでも完結していない、未完の作である。また、庄三郎が一貫してこの物語の主人公というわけでもない。登場人物はめまぐるしくその主役の座を交代し続ける。纐纈城主実は庄三郎の父、光明優婆塞実は庄三郎の叔父をはじめ、狂言回し的役割の高坂甚太郎、陶器師（すえものし）や直江蔵人とその娘松虫、剣豪塚原卜伝などである。未完であるために、庄三郎の異界からの往還関係は不明としか言い様がない。しかしながら、我々読者については、未完であっても、この小説を読み終えた際に、とんでもない異界から現実界に引き戻されることは確かである。

考えてみれば、纐纈布は、富士の裾野の異界と現実界とを繋ぐ重要な道具立ての品であった。異界往還の物語には、このような物的証拠がよく用いられる。玉手箱も天の羽衣もその一つであろう。これらの品こそが、往還関係を象徴すると言えるのである。

国枝史郎（くにえだ・しろう　一八八七〜一九四三）
長野県諏訪郡宮川村（現在の茅野市）生まれ。早稲田大学英文科中退。在学中から詩や演劇などの創作活動に熱中し、『文庫』『三田文学』『太陽』などに小説を寄稿するほか、戯曲も書いた。卒業後、大阪朝日新聞に入社し、新聞記者となる。一九一七年には松竹座に入社、同社専属の脚本家となるも、一九二〇年、病のため退社。以降、大衆文学の執筆を始める。代表作に、『蔦葛木曽桟』、『神州纐纈城』などがある。没後の一九六八年に『神州纐纈城』が復刊され、三島由紀夫らによって再評価された。

「神州纐纈城」

初出は、雑誌『苦楽』(プラトン社、一九二五年一月号〜一九二六年一〇月号)に掲載された。未完であったが、一九三三年に春陽堂の「日本小説文庫」に、第一六階までを掲載した『神州纐纈城前篇』が刊行された(後篇は未刊行)。一九六八年、桃源社より、連載分すべてを掲載した『神州纐纈城』が刊行された。現在では、『神州纐纈城』(河出書房新社)、『神州纐纈城』(春陽文庫)で読むことができる。

二、渋澤龍彦「六道の辻」

澁澤龍彦の『唐草物語』（河出書房新社、一九八一年七月）に収められた諸編は、いずれも異界との往還を描いた作品と言えようが、その構造が最も見易い作品として、「六道の辻」（『文藝』一九七九年八月）を例示することにしたい。というのも、この小説には、語り手の物語創作の楽屋落ちのような贅言が多く書かれていて、作者の小説作法について類推しやすいからである。

この作品は、文和年間に、京都の六道珍皇寺の念仏堂に住みついた、マカベという男が始めた「マカベ踊」なるものが、一応のストーリーの中心である。これは、「男女があらゆる階層の人物、すなわち公家、武家、僧侶、商人、百姓、遊女、乞食などにそれぞれ扮装して、輪になって踊るきわめて単純な踊」であり、例の佐々木佐渡判官入道道誉がお忍びで見物にきたほど、一時期評判が高かったものと語られる。

このマカベと「マカベ踊」を語るために、語り手は実に用意周到に語り始める。作品は、まず、「いまから十年ばかり前、晩夏のころだったと思うが、さらでだに暑い京の六波羅のあたりを、私は或る寺をさがして、炎天のもとにうろうろと歩きまわったことがあった」という一文で語り始められる。ここには、「私」という語り手がまず顔を出している。

この「私」が探していたのが、六道珍皇寺で、ここで「私」は、寺の「大黒さん」に六道絵を見せてもらい、さらには、庭の井戸をめぐる、小野篁の伝説、すなわち、この井戸を通ってあの世へ通っていたという伝説を聞かされる。この時、「大黒さん」の言葉を聞きながら、「私」は催眠術にでもかかったように、眠りに誘われる。ここで、以下のような文章が挿入される。

こうして、私が大黒さんの催眠術にかかって、しずかな六道珍皇寺の庫裡で、前後も知らずにすやすやと眠りこんでしまったということにしてしまえば、以下に書きつぐ予定の物語は、すべて私の一場の夢ということになってしまうだろう。しかし、それでは作者としてあまりにも芸がなく無責任のように思われるから、この夢の設定は断乎としてしりぞけよう。実際、私はそのとき眠りはしなかったのだし、それどころか大黒さんに鄭重に礼を述べて、そこそこに珍皇寺を辞したのである。

ここには、「私」の過剰なほどの「作者」意識、言い換えれば、この「以下に書きつぐ予定の物語」の作り物性と、それを打ち消すリアリティーの確保の意図が見て取れる。また、マカベの物語の途中に、この「あやしいマカベなる男の正体」を見破ろうとする「景海と称する今熊野の庵に住む山伏」が登場する。この景海について、以下のような語りも加えられる。

この景海は、なんなら作者の代理人だといってもいいだろう。さもなければ読者の代理人だと考えてもいい。つまり私がいいたいのは、彼はもっぱら目の機能をはたす人物で、それ以外の役割は有していないということなのである。

いっそ思いきって、山伏の景海などという、持ってまわった三人称を使うのはやめにして、景海はすなわち私だということにしてしまったらどうだろうか。一度出した登場人物をひっこめて、そのかわりに作者が前面にしゃしゃり出てゆくわけだが、それだって、べつに悪い趣向ではあるまい。以下、景海のかわりに私という一人称代名詞を使って話をすすめてゆくつもりであるから、さように御諒承いただきたいと思う。私が珍皇寺の庫裡で、大黒さんの催眠術にかかって夢をみたとすれば、その夢の光景が以下に叙述されるのだと考えてもよいだろう。

この言葉も、考えてみれば不思議なものである。そもそも景海を出したのは作者自身だからである。ここからは、この物語がかなり持って回った設定によって作られていることが、作者自らによって示されているとも云えよう。いわば楽屋裏がさらされているのである。

なぜ、これほどまでに周到な語りの仕掛けが必要だったのであろうか。

物語は、「閑話休題」の語の後、「私」がマカベを追って八坂の塔に上り、やがてマカベがそこを後に、鳥辺野の方へ向かっているのを見送る場面でいったん終わり、あとは、作者による、「マカベ踊」の西洋の文献における語源探しのようなかなり衒学的な考察が続く。

この衒学的な考察こそが、逆に明らかにするのが、この「マカベ踊」の虚構性である。実は、「マカベ踊」なるものが、文和年間に流行したという記録は見当たらない。

この物語世界へ読者を導くためには、作者の実在性を手掛かりにしたリアリティーの確保が、どうしても必要だったのであろう。読者は、作者すなわち語り手すなわち「私」、時に景海の行動および目を通じて、物語世界と現実世界とを往還するのである。細かく分ければ、作者がいる現在時と、文和年間とされるマカベ踊の時代との二重の時間をも往還することになる。

作者がいる六波羅周辺と、マカベのいる文和年間の京という二つの異界は、円環の入れ子構造にある。その中心で語られる「マカベ踊」の物語は、虚構、すなわち空である。この円環の外にいる我々読者は、この円の中心部と外とを、作者のいる場所を通りながら往還するということになる。これは、場所と時間の移動に留まらず、現実空間と虚構空間、現実世界と物語世界との往還ともなっている点が、この物語の表したかったものの最大のものなのではないか。そしてそのために、あのような作者の贅言が挿入されたのではなかろうか。

澁澤龍彦（しぶさわ・たつひこ　一九二八〜一九八七）

東京市芝区車町（現東京都港区高輪）生まれ。本名は龍雄。東大仏文科卒業後、マルキ・ド・サドの著作を日本に紹介するかたわら、人間精神や文明の暗黒面に光をあてたエッセイを発表。晩年は小説に独自の世界を拓いた。エッセイに『黒魔術の手帖』、『快楽主義の哲学』、『偏愛的作家論』、など、小説に『犬狼都市』、『うつろ舟』、『高丘親王航海記』などがある。

「**六道の辻**」

初出は『文藝』（一九七九年八月）。その後、『唐草物語』（河出書房新社、一九八一年）に所収された。『唐草物語』（渋沢龍彦コレクション、河出文庫）も刊行され、広く読まれた。

三、石川淳「六道遊行」

石川淳の「六道遊行」(『すばる』一九八一年六月〜一九八二年一二月)も、六道巡りをタイトルに採用している。物語は、盗賊の頭である上総の小楯という男が、奈良は春日の森の大杉に開いた穴を通って、奈良時代と現代とを往来するという、SF仕立てのものである。一章ごとに、奈良時代の世界と現代とのストーリーが交互に展開する。

冒頭しばらく、上総の小楯が一頭の白鹿に誘われて時空を超えた移動をする場面は、以下のように描かれる。

照りまさる光の下に、走るかつぎ、影のかたち、今ともに一つになつて、一頭の白鹿、宙を飛んで森に入る。行手に十抱へもあらう大杉が堅く根を張つてゐた。白鹿はその太い幹をたのんで逃れようとするか。追ひすがつた小楯の手の下をあやふくすべり抜けて、だつと大杉に飛びつくと、木もまた幹をひらき、あはや白鹿は木のふところに逃れ入るかと見えたまぎはに、小楯は太刀をぬいて妖気を払つた。杉の葉がはらはらと散つて、白鹿は消え、わづかに太刀のきつさきが幹の荒皮を裂いた。裂目は女陰のかたちに大きく割れた。

「口はひらいた。ここまで来て引けるか。行け。」

この女陰は呪縛であつた。小楯はそこから身を引くことができない。いや、足はおのづからそこに踏みこんで、からだぐるみぞつくり穴に呑まれるにまかせるほかにすべがなかつた。穴は闇。その深い闇にはいちめんにこまかい砂。砂は絶えずふりしきり、またとめどなく流れる。小楯のからだはとたんにきりきり舞して、行方も知れず、上か下か、前かうしろか、わきまへのつかぬところに巻かれ流されつづけた。(略)

今は砂のまにまにゆくほかない。そのひまにも、砂はときにせせらぎの音をたて、ときに波濤のとどろきを発して、永劫に流れてゆく。すでにして、砂の流は過去未来にわたつてきはまるところのない生死の大海であつた。

こうして奈良時代の「一」は終わり、現代の「二」は、「砂がふつて来たみたいね。」という台詞で始まる。


「ここはどこだ。おぬし、なにものだ。」

「なにをいやがる。それはこつちで聞くことだ。こいつ、夢遊病者かな。」

「おれは上総の……」

「無宿者か。地下道の泥の中からでも這ひのぼつて来たやつか。」

「砂の中から落ちて来た。」


これで、時空の移動は完成する。

ちなみに、「二」から「三」の移り変わりは、以下のとおりである。

　そのとき、ベッドからさつと砂が吹きあがり、見るまにけむりのやうに立ちこめて、あたりいちめん闇になつた。小楯はまたも湧く砂の渦に巻かれて、窓の外に、空のかなたに、どこへともなく流された。（略）
　春日の森の大杉のもとに、女陰のかたちに幹を切りひらいた洞穴から、小楯はぬつとあらはれ出た。

物語の内容についてはここでは深追いしないが、このような時代の往還には、同じ場所が昔からずっと続いているという当たり前の事実と、そこに暮らす人々の歴史が徐々に上書きされ変化しているという事実とのずれや差異を、どうにかして一挙に超えたいという我々の、根源的な、いわば時空超越の願望が見て取れるのではなかろうか。

この願望がなぜ根源的かと言えば、それが人間の生と死の境界を象徴するからである。人一人は一生を生きるだけであるが、その周辺の人や物は、その人がたとえ死んでも、続いていくはずである。

おそらく、物語における時空の往還には、生が不可逆の一方向と運命づけられている我々人間の、可逆性などへの憧れが反映されているものと考えられるのである。

この小説が「六道遊行」と名付けられた所以も、この人間の生死についての根源的な問が暗示されているためなのではなかろうか。

石川淳（いしかわ・じゅん　一八九九〜一九八七）

東京市浅草区浅草三好町（現在の東京都台東区蔵前）に生まれる。本名は淳、エッセイでは夷斎と号した。旧制官立東京外国語学校（現在の東京外国語大学）仏語部卒。卒業後、日本銀行調査部に勤務するが、まもなく退職。一九三六年、「普賢」で芥川賞受賞。一九三八年に発表した「マルスの歌」は反軍国調の廉で発禁処分を受けた。戦後、一九四六年に「焼跡のイエス」を発表、太宰治・坂口安吾とともに、新戯作派・無頼派として人気を集めた。

「六道遊行」

初出は『すばる』（集英社、一九八一年六月〜一九八二年一二月）。その後、一九八三年に単行本『六道遊行』が集英社より刊行された。一九九五年には集英社文庫でも刊行されている。

第八章
異界からの来訪者

これまで、いわゆる浦島太郎型の、現実界から異界に赴き、やがて帰ってくる物語を中心に扱ってきたが、かぐや姫型、すなわち異界から現実界を来訪し、やがて帰って行く型の物語もないわけではない。ただしそのリアリティーの確保の困難からか、サイエンス・フィクションを除けば数が少ないものと思われる。

一、三島由紀夫「美しい星」

「美しい星」(『新潮』一九六二年一月〜一一月)の主人公は、大杉重一郎とその妻、息子、娘の四人である。空飛ぶ円盤と宇宙人、および冷戦下の核戦争の可能性を扱うこの作品は、三島の作品の中でも特異なものと見え、発表当初から話題を呼んだもので、未だにその文学史的な位置づけは曖昧であると言えよう。

『決定版三島由紀夫全集』第一〇巻(新潮社、二〇〇一年九月)の「解題」にも紹介されているが、三島自身が本作品について、「『空飛ぶ円盤』の観測に失敗して——私の本『美しい星』」(『読売新聞』一九六四年一月一九日)という自家解説を書いている。そこには、円盤観測を何度も試みて失敗した三島が、「空飛ぶ円盤」を「一個の芸術上の観念」と信じるようになり、小説化を思い立ったと書かれている。そのことを承けて、円盤は、作品の最後の最後になって登場する。

三島は、しかし、この小説の主人公たちを、宇宙人とはしていない。同じ自家解説に、以下のように書く。

だから、これは、宇宙人と自分を信じた人間の物語りであつて、人間の形をした宇宙人の物語りではないのである。そのために、主人公を、夢想と無為にふさはしい、地方の財産家の文化人に仕立てる必要があり、また一方、ここに登場する「宇宙人」たちは、完全に超自然的能力をはぎとられ、世俗の圧力にアップアップしてゐなければならなかつた。

このとおり、作者自身は多分にその虚構の性格に自覚的である。しかしながら、彼らが本物の宇宙人であれ、偽物のそれであれ、物語の構造としては、見事にかぐや姫型を示すのである。

作品は、重一郎と妻の伊余子、息子の一雄と妹の暁子の四人が、揃って円盤を観測しに出かける場面から始まる。一一月半ばのことで、邸の場所も埼玉県飯能市と明示されている。彼らはそれぞれ別に、円盤を見た経験を持ち、それぞれ、重一郎の故郷が火星、伊余子が木星、一雄が水星、暁子が金星という故郷を持つ。伊余子の名は木星の第一衛星イオを想起させるし、暁子もまた、明けの明星から来た命名であろう。

明け方の五時にやってくる筈の円盤は、ついに現れることはなかった。この挫折から物語は始まる。当然のことながら、読者は彼らが宇宙人であることについては、疑ったまま、読書行為を続けることになる。

ところで、「竹取物語」のかぐや姫は、月の世界の記憶をどの程度持っていたのであろうか。

「美しい星」の大杉家の四人は、以下のように書かれている。

一家が突然、それぞれ別々の天体から飛来した宇宙人だといふ意識に目ざめたのは、去年の夏のことであつた。この霊感は数日のうちに、重一郎からはじめてつぎつぎと親子を襲ひ、はじめ笑つてゐた暁子も数日後には笑はなくなつた。

わかりやすい説明は、宇宙人の霊魂が一家のおのおのに突然宿り、その肉体と精神を完全に支配したと考へることである。それと一緒に、家族の過去や子供たちの誕生の有様はなほはつきり記憶に残つてゐるが、地上の記憶はこの瞬間から、贋物の歴史になつたのだ。ただいかにも遺憾なのは、別の天体上の各自の記憶（それこそは本物の歴史）のはうが、悉く失はれてゐることであつた。

このとおり、一家の側からの叙述ではあるが、この家族の出自の胡散臭さが、当初より読者には示されている。つまり、異界からの来訪の根拠が実に不明瞭なのである。例えば重一郎は、宇宙人だと自覚したことにより、「五十二歳になつて突然かうして身に添うた自明な優越感」を得、「何の努力もなく、何の実績もなしに、或る日かうして恩寵のやうな優越感がわがものにな」ったと考えている。

要するに、すべては「突然」起こったことであり、竹が光っていたとか、道で鶴を助けたなどという前段がこの物語には全く欠けているのである。

それではなぜ彼らが自らを来訪者だと信じることができるのか。それを支えるのが、この一家の「空飛ぶ円盤」を見たという共通の体験である。しかも、第一章においては挫折した、四人で同時に円盤を見るということも、作品の最後、父重一郎が危篤ながらも見に出かけた丘の上で叶えられるのである。

「来てゐるわ！　お父様、来てゐるわ！」

と暁子が突然叫んだ。

円丘の叢林に身を隠し、やや斜めに着陸してゐる銀灰色の円盤が、息づくやうに、緑いろに、又あざやかな橙いろに、かはるがはるその下辺の光りの色を変へてゐるのが眺められた。

ここで物語は閉じられる。この物語記述は、したがって、これまで延々と続いてきた、この小説内の全ての記述、実名が鏤められた同時代の状況描写、政治的な論争や重一郎の演説、暁子の竹宮という男との経緯などの全てと同じ地平に載せられたまま、読者に届けられる。これらを虚構とするのも、空想とするのも読者の勝手ではある。しかしながら、読者の中で、それぞれの記述に差異をいちいち付けて区別することは極めて困難である。「空飛ぶ円盤」の実在性とは、作品の記述すべての実在性と同等にそこに位置づけられているのである。殊更に、最後の場面のみを虚構であると特別扱いは出来がたい。

このような小説の語りの絡繰りから、「空飛ぶ円盤」はそこに存在するわけである。同様に、彼らは間違いなく宇宙からの来訪者なのである。そして地球での役割を終えた重一郎は、家族より一足先に、異界へと帰って行くであろう。そしてそのことが、同時に、物語が閉じられることを意味するのである。

三島由紀夫（みしま・ゆきお　一九二五〜一九七〇）
東京市四谷区（現・東京都新宿区四谷）に生まれる。本名は平岡公威（きみたけ）。東大法学部卒。大学卒業後、大蔵省に勤務するも九ヶ月で退職、執筆生活に入る。一九四九年、最初の書き下ろし長編『仮面の告白』を刊行し、作家としての地位を確立した。代表作に、『潮騒』、（新潮社文学賞）、『金閣寺』（読売文学賞）、『サド侯爵夫人』（芸術祭賞）などがある。一九七〇年、『豊饒の海』第四巻「天人五衰」の最終回原稿を書き上げた後、自衛隊市ヶ谷駐屯地で自決した。作品は多く翻訳され、世界各国で愛読されている。

「美しい星」
初出は、『新潮』（一九六二年一月号〜一一月号）。同年一〇月に新潮社より単行本が刊行された。現在では、『美しい星』（新潮文庫）で読むことができる。

二、唐十郎「安寿子の靴」

唐十郎の「安寿子の靴」（『小説現代』一九八四年四月）は、題名にも明らかなように、森鷗外の「山椒大夫」（『中央公論』一九一五年一月）の原話で、人買いにさらわれた姉弟の苦難と、弟の母との再会の物語である、「安寿と厨子王」のパロディである。タイトルのみならず、安寿子と十子雄という名にもそれは示されている。このような顕示を、「手法の露呈」と呼ぶ。ここには予め、読者との豊かな情報量の交通が前提されている。

さて、パロディは、古来、小説に常套的に使用されてきた手法である。しかしながら、パロディにもさまざまの段階があることも確かであろう。問題は、先行する作品（原作と呼べる場合もあるもの）から、どの程度のずれがそこに用意されているかによる。例えばこの小説の場合は、安寿と厨子王という姉弟の関係は踏襲されているが、それ以外は、舞台も時代も全く違ったものとなっている。しかも、その肝腎の姉ですら、作品世界の最初から既に亡くなっていて、話題の中にしか登場してこない。現代の京都が舞台であるこの作品の中心人物は、十子雄であるとしても、もう一人の、名も知らない九歳の少女の存在が同程度重要であることは明らかであろう。むしろ、この少女が真の中心人物といってよい。

十子雄は、一五才の中学生である。彼と九才の少女との物語は、これもたった三日間の出来事である。

京都の鴨川で出会った迷子らしい少女は、複雑な家庭環境もあり、十子雄の家に泊まることとなる。十子雄は、死んだ姉がよく語ってくれた「安寿と厨子王」の話を寝物語に聞かせる。翌朝、一旦いなくなった少女だが、その後も十子雄を追いかけ続け、不良仲間の中畑の家に居るところへもやってくる。家に帰そうとしても、少女は、「帰んないよ、あたし」「二人一緒の親はないの?」といって、十子雄を困らせる。つい怒って、少女を押し倒して怪我させてしまうが、その時、少女の、「淋しいよお」という言葉を聞くことになる。そして、ここで十子雄は、「安寿と厨子王」の話の続きを聞かせる。男は山で、娘は浜で働いていたが、男になれば弟と一緒に山で働けるものを、といわれた安寿は、男の子のように、自分の髪を、ぷっつりと切ってしまった、というところまで話すと、少女は眠ってしまっていた。途方に暮れた十子雄は、このまま家に帰ってしまおうかとも思ったが、とある事情で、自分のために、金を取り返しに行ってくれている中畑にも悪いので待ち続ける。そして再び眠りに着く。その時、少女が目を醒まし、夢の続きのように、自分の髪の毛をぷっつりと切ってしまったのである。

朝になり、とある事件から、十子雄は少女とともに警官に捕まる。ところが警察署では、十子雄は少女の誘拐者と考えられている。やがて少女の母が、誘拐犯の手から少女を取り戻すべくやってくる。母親が呼んだ少女の名は「やすこ」であった。但し少女は「平仮名の」と言う。この落語のサゲのような展開は、しかしながら、物語の途中から、薄々読者に感じ取られていたものかもしれない。この少女は物語の構成上、年下ではあるが、やはり「やすこ」すなわち安寿の役どころでなくてはなるまい。その証拠に、少女は十子雄と出逢った時、「名も言わない」少女だったのである。

少女の母親は、十子雄に、娘に話し掛けないように間を裂く。それでも十子雄が少女に別れを告げるために、「さ……」と言いかけた時、少女の母親は十子雄の頬をパシリと叩く。

それでも十子雄は、「もう、他人です。この話を最後に……」といって、例の「安寿と厨子王」のさらなる続きを話したのである。

「都に落ちる厨子王は、自分を見送る安寿の、小さな姿を振り返り、山で一緒に暮らすため、髪を切った姉のことが、ようやく飲み込めた。

それは、一緒に暮らすためではなかった。

弟を逃がすためだった。そして、バラバラになって生きるためだった。さようなら、やすこ」

そこで、母親は強引に娘の手を引いて連れ去った。喚く声も小さな装も、逆さに生まれて来た姉の成り変りだと、十子雄は思った。


これが作品の末尾である。

この少女「やすこ」こそは、異界からの来訪者である。異界は、十子雄の姉が「逆さに生まれて来」るような、時間を超越した空間であり、また、「安寿と厨子王」という物語空間でもある。

思えば作中作の手法もまた、それと類比される登場人物を、特別な存在、すなわち異なる存在へと変えるために機能していた。それは、現実界に異界を混入させる方法とも言えよう。十子雄とやすこは、作中作という異界からやってきた安寿と厨子王に、憑依された存在とも考えられるのである。

唐十郎（から・じゅうろう　一九四〇〜）
東京都台東区生まれ。本名は大靍義英（おおつる・よしひで）。明治大学文学部演劇学科卒業。一九六二年、松田政男、山口健二、川仁宏らが企画した自立学校に、学生として参加。一九六三年に笹原茂峻（笹原茂朱）らと劇団「シチュエーションの会」（翌年「状況劇場」に改名）を旗揚げ。以降、唐十郎の筆名を用いるようになる。作家としても活躍し、『佐川君からの手紙』（一九八一年）で芥川賞を受賞。

「安寿子の靴」

初出は『小説現代』（一九八四年四月号、講談社）。同年、単行本も刊行された。同時期に、本作のNHKのテレビドラマも放映された。

三、色川武大『怪しき来客簿』より「空襲のあと」「墓」

色川武大の『怪しき来客簿』（話の特集、一九七七年四月）は、『話の特集』に一九七五年一月から一九七六年九月まで連載されたものをまとめて刊行した作品集である。「私」という語り手が、記憶の中の風変わりな人々の不可思議なエピソードを、事実ありのままのように綴る連作である。それぞれの作品に登場する一風変わった人たちが、すなわち「怪しき来客」たちであるが、とりわけその「来客」性が顕著であるのが、「墓」の登場人物である。以下のように作品は始まる。

亡くなった叔父が、頻々と私のところを訪ねてくるようになった。父のところにではなく私のところにだ。或いはそうやって方々の縁者のところを訪ねていたのかもしれない。叔父は生きている頃とおなじように、や、といいながら、すっすっとあがりこんでくる。ごきげんいかがですか、というと、うん、といって、微笑しながら肉親に近い気のこもった眼ざしで私を見ている。

また、帰っていくときの姿も、以下のように書かれている。

帰っていくうしろ姿を見ては悪いような気がして、叔父が立ちあがると私はいつも眼を伏せていた。けれどもある夜、窓外をふと見ると、空地の麦畑の向こうの細道を、叔父が、背中を丸めてゆっくりと歩いて帰っていくところだった。見てはいけない、と私は自分にいいきかせた。叔父を冒瀆してはいけない。私はしかし、寒い道を一人で歩いていく叔父のうしろ姿から眼が離せなかった。麦畑の一画が尽きる手前で歩みが停まった。私は本能的にさっと姿勢を低くした。次に眼をやったとき、叔父は麦畑の中に五六歩入りこんでおり、しゃがみこむような恰好で地の中に沈みこんでいくところだった。そうして麦畑は暗く静まりかえった。

このようなプロローグの後に、生前の叔父一家についての思い出と、一九人の子を産んだ祖父、さらには色川家の代々の墓がある「関東平野の隅っこの鱈子」を父と訪ねる話が語られるのである。

この一連の話と、冒頭の死んだ叔父がやってくる話には、直接的な関係はない。叔父は、来客であるが、このような物語を「私」のところへ運んでくる役割も担っているようである。

『怪しき来客簿』の巻頭に置かれた「空襲のあと」は、戦時中から戦後にかけて、死と隣り合わせの時空間で多く語られた「怪談」を集めた話であるが、その冒頭部分には、作中の「怪談」とは直接関係のない、以下のような文章が置かれている。

来客というものはおかしなもので、不意の来客はそれほど驚かないが、きまりきった客が何か約束があって私の家を訪れてくるというような場合、なんとなくこちらも身構えるような気分になる。怖いというほどではないが、先方が、電車の吊皮にぶらさがったり車の中にうずくまったりしながら、一路、私のところをめざしてきている。その姿を思うと、やはり、なんだか怖い。本来は遊びにくるのであるが、そうやって一直線に私の家へ入ってきて、何かのはずみで勢いあまって、どういうことをやりだすかわからない。

ここに語られる感覚は、やや異常であろう。不意の来客に驚くのが通常で、このような感覚は、来客というものに特別な意味合いを与えているように思われる。

おそらくこの部分は、この作品一つのものではなく、『怪しき来客簿』全体の前書の役割を果たすのであろう。それは、来客自体の異様さを示すのではなく、むしろこの語り手である作者のやや変わった感覚を示すものである。したがって、この場合の来客とは、まさしく語り手の物語の手法そのものであり、この作品集は、来客によってきわめて創作的にもたらされるものと考えられるのである。

物語は、このような異界からの来訪者によって運ばれるという枠組を持つ時、より明確に、虚構世界がいかに現実世界を相対化するものであるのかを示すのである。

色川武大（いろかわ・たけひろ　一九二九～一九八九）

東京府東京市牛込区（現・東京都新宿区）矢来町生まれ。筆名として、色川武大（いろかわ・ぶだい）のほか、阿佐田哲也（あさだ・てつや）、井上志摩夫（いのうえ・しまお）、雀風子を名乗った。学校生活になじめず、小学生時代から学校をサボって浅草興行街に出入りし、映画や寄席、喜劇などに熱中する。あまりに学校をサボるので塾に通わされたが、そこもサボって寄席に通っていたという。一九六一年に発表した「黒い布」で中央公論新人賞を受賞、以降、様々な筆名を使って小説を書いた。一九七七年、「怪しい来客簿」で第五回泉鏡花文学賞を受賞、一九七八年、「離婚」で第七九回直木賞を、一九八二年には「百」で川端康成文学賞を受賞。一九八九年、「狂人日記」で読売文学賞を受賞した。

「空襲のあと」「墓」（『怪しき来客簿』より）

『怪しい来客簿』は、『話の特集』（一九七五年一月号～一九七六年九月号）に、全一八回で連載された。一九七七年、『怪しい来客簿』（話の特集）として書籍化。その後、角川文庫、文春文庫にもなった。

四、田中小実昌「ポロポロ」

田中小実昌の「ポロポロ」（『海』一九七七年一二月）は、単行本『ポロポロ』（中央公論社、一九七九年五月）の表題作であり、田中小実昌の作品世界を最も端的に示す短編作品である。「ぼく」の父は牧師で、家が教会のようになっていて、金曜日の夜には、祈祷会が開かれている。といっても信者はごく少なく、父と母以外には、一木さんという人だけのことも多い。

この祈祷会では、「天にましますす我等の父よ」などといった祈りの言葉などは言わず、「みんな、言葉にはならないことを、さけんだり、つぶやいたりしてる」のである。この「異言」とでも呼ぶべき言葉を、一木さんの口癖から、「ぼく」は、「ポロポロ」と呼んでいるのである。

このような祈祷会の様子などが、この作品の話柄であるが、冒頭部は、この一木さんに関連して、以下のような場面から始まっている。

> 石段をあがりきると、すぐにそこに、人が立っていて、ぼくは、おや、とおもった。石段はごろんとぶっとい御影石で、数も四十段ぐらいはあり、その下につづく段々畑のあいだの道をのぼってくるときも、前のほうに、人かげはなかったからだ。（略）
>
> その人はソフトをかぶり、二重まわしを着ており、なにか足もとがおぼつかなかった。ぼくは、その人のよこをとおりすぎるとき、おさきに……といったふうに、かるく頭をさげるようにしたのをおぼえている。（略）
>
> 前庭をとおり、ぼくはちょっと考えて、玄関のガラス戸はあけたままにして、靴を脱いであがった。あとからすぐ、一木さんがくるんだから、とおもったのだ。

ところが、家の中では、一木さんが父と母とともに、祈っていたのである。その後も誰も家を訪ねてこず、やがて祈祷会も終わり、「ぼく」が皆に、先に見た人影について話したが、誰も相手にしてくれない。開けたままにしておいた玄関のガラス戸は、誰も閉めたものがいないのに、いつのまにか閉まっている。とにかくその家の前に居た人物について、「ぼく」だけが不思議がっている、そのような「ぼく」の疑問だけで、終盤は構成されている。

その日は、父方の祖父の記念日だったので、父は、「じゃ、おじいさんだ。記念日だから、おじいさんがきたんだよ」と、その人物が、死んだおじいさんだと言い出す。

そして作品は、以下のように閉じられるのである。

　石段の上でぼくがあった人が死んだおじいさん（それが、いちばん合理的だが）だったとしても、そうでないにしても、ただポロポロなのだ。（略）

　くりかえすけど、父にとっては、死んだおじいさんが、記念日の祈禱会の夜にやってきたとしてもポロポロ、ちがう人だとしてもポロポロで、ただポロポロなのだ。

思えばこの物語は、「ぼく」が、家の前で人影を見て、その人が家を訪ねてこなかったことを、不思議なことと決めつけて語り続けられている、いわば作り出された不思議についての物語である。物語というのは、多くの場合、このように創出されるものなのではないか。その創作のからくりは、言葉によって不思議な物語へと編み上げる力にあって、そもそも根も葉もないことでも、物語に作り上げることができる。そのからくりを、この「ポロポロ」という言葉によって指し示そうとしているようなのである。

実は、最初から誰も訪ねてこなかったのかもしれない。ただの酔っぱらいだったのかもしれない。しかし、それは、死んだおじいさんだったかもしれない。この飛躍の中に、物語形成の仕組が隠されているのである。

そうしてみれば、この本来はいなかったかもしれない、「ぼく」が見た人影こそが、物語を我々読者のもとに届けてくれる存在であったといえる。彼を、現実界以外の異界から、物語を携えてやってくる、来訪者と呼ぶことも可能であろう。

田中小実昌（たなか・こみまさ　一九二五〜二〇〇〇）

東京市千駄ヶ谷生まれ。東京大学文学部哲学科中退。東大中退後、戦後の混乱期をバーテン、テキ屋などをして過ごす。東京渋谷のストリップ劇場で働いていた。一九五〇年に進駐軍横田基地で職を得ると、レイモンド・チャンドラーといったハードボイルド小説の翻訳を手掛けるようになる。一九五二年、『新潮』に「上陸」を、一九六六年には「どうでもいいこと」を『文學界』に発表。一九六七年以降、『オール讀物』『小説現代』などに大衆小説を発表するようになり、本格的に作家活動に入る。代表作に、一九七一年、『自動巻時計の一日』（一九七一年）で直木賞候補になったのち、一九七九年、「ミミのこと」「浪曲師朝日丸の話」の二作品で直木賞を受賞した。同年、短編集『ポロポロ』で谷崎潤一郎賞も受賞した。

「**ポロポロ**」

初出は文芸誌『海』（一九七七年一二月）。その後、短編集『ポロポロ』（中央公論社、一九七九年）に所収の後、中公文庫にもなった。現在は『ポロポロ』（河出文庫）で読むことができる。

おわりに——物語の構成原理としての異界往還と、近代におけるリアリティーの確保

主人公が異界と往還する物語は、日本の昔話の中に典型的に見られる。「浦島太郎」や「こぶとり爺さん」などである。「桃太郎」の鬼退治もここに加えてもよいかもしれない。このような話型は「リップ・ヴァン・ヴィンクル」や「不思議の国のアリス」、「ハリー・ポッター」シリーズなど、世界中に見られるものである。物語の構成原理の代表的なものの一つと言えよう。

この話型は、日本においてはやがて日記文学に近い現実性の高い物語にも取り入れられ、竜宮城などの非現実性の高い場所でなくとも、日常生活を送る場所からの移動という点での広義の「異界」への往還も見られるようになる。例えば「源氏物語」の光源氏の「須磨」「明石」への流離などをその例として挙げることができよう。そうしてこの文学系統は、近代文学にまで持ち越されることとなる。

しかしながら、日本の近代文学は、それ以前の伝奇色の強い江戸読本などへの反動から、リアリティー重視の傾向を強くして始まったこともあり、当初から、「大人」としての「近代読者」を想定した近代小説として、リアリティーの確保をその成立条件としていた観がある。あまりに荒唐無稽に過ぎるものは、「近代読者」には、読むに堪えないものとして敬遠される可能性が高いのである。

もちろんこれは、直ちに伝奇性や非現実性を否定するものではない。たとえそのような奇なるものが描かれる小説であっても、読書として楽しむために施されるべき最低限のリアリティーが求められるという次元の話である。

では、日本近代文学の中の、このような伝奇性の高いロマンにおいては、どのような形で、リアリティーの確保が為されてきたのであろうか。

先ず第一の手法として、異界を現実界と地続きの境界に設定する手法を挙げることができる。その場所が現実界の人間でも到達可能な場所として設定することにより、読者にも異界が身近に感じられることとなる。

例えば、典型的な例として、小説ではないが、地続きの空間性の効果を見るべく、泉鏡花の戯曲「天守物語」（『新小説』一九一七年九月）にその特徴を確認してみたい。

「天守物語」は姫路白鷺城の天守の第五重が舞台である。『鏡花全集』第二六巻（岩波書店、一九四二年一〇月）所収の本文ト書には、まず、「女童三人」の「此処は何処の細道ぢや、細道ぢや、天神様の細道ぢや、細道ぢや。」の合唱の中で幕が開くとされている。その後も、歌は「少し通して下さんせ、下さんせ。ごようのないもな通しません、通しません。天神様へ願掛けに、願掛けに。通らんせ、通らんせ。」と続く。

この聴覚要素と、舞台空間の視覚要素による幕開きにより、観客に異界への扉が開かれる。

主人公は「天守夫人」の富姫である。この五重は彼女が支配する世界で、彼女が侍女たちと住む空間である。ここに、岩代国猪苗代亀の城から、亀姫と朱の盤坊と舌長姥という異様の者たちが訪ねてくるところから話は始まる。この異界の住人たちと、この城の人間界側の城主武田播磨守とその家臣たちは、城の所有をめぐって対立する関係にある。主な物語は、「わかき鷹匠」たる姫川図書之助という男が、逸れた鷹を追って登ってくることにより、富姫と、本来敵側の図書之助の間に恋愛らしき心の交流が生まれるところにある。この天守第五重という場は異界であると同時に、彼らが図書之助という人間とかろうじて接する境界でもあり、この境界において物語は進展する。

図書之助は、この異界と現実界とを往還できる特別の存在である。その特別性は、人間でありながら富姫に気に入られたという一点で保証されている。そのお陰で人間の世界に帰ることができるのである。同じ作者の「高野聖」(『新小説』一九〇〇年二月)の旅僧に近い存在と言えよう。

ここに登場した際、図書之助は、富姫に次のように述べる。

図書　百年以来、二重三重までは格別、当お天守五重までは、生あるものの参つた例はありませせぬ。今宵、大殿の仰せに依つて、私、見届けに参りました。

このとおり、行き来の途絶えていた異界と現実界とが、天守の第五重と下とで明確に区別され、異界が現実界と梯子で繋がった形で読者に集約して提示されている。

このように、異界を目の当たりにした感覚を与えるのは、戯曲特有の効果であろう。しかし、あまり荒唐無稽な舞台設定では、観客の想像力は却って喚起されないかもしれない。戯曲の視覚的効果は、あくまで、想像力のきっかけを与える点にあろう。そこには、高い天守の上、という、高さの異界性と、棲みついた妖怪たちの姿かたちの異界性とが相まって、観客をしばし別世界へと連れていくのである。

これに対し、小説に描かれる異界は全て、文字だけで組み上げられた物語空間である。そこには、読者の想像力の導きが、さらに強く求められるであろう。そのために、特に近代小説においては、リアリティーの確保のために、いきなり異界を描くのではなく、現実界から読者を導き始め、徐々に異界へと誘導する必要性があったのであろう。そのために、よけいに往還の記述が重要視されるのではなかろうか。

第二のリアリティーの確保の手法としては、異界との往還の事実を保証する物的証拠を示すという方法を挙げることができる。

これは、昔話や日本古典文学とも共通する方法ではある。浦島太郎が、異界である竜宮城に滞在したことを示す玉手箱を持ち帰ることも、またシンデレラの硝子の靴も、これと同じ機能を持つものと言えよう。近代文学においては、国枝史郎の「神州纐纈城」の纐纈の紅巾もかなり存在感のあるアイテムである。ただしこの小説は伝奇ロマンであり、作中世界のリアリティーはそれほど必要ではないので、このアイテムもリアリティーの確保のために機能するわけではなく、むしろ伝奇性を高めるために機能している。

やはりここには、物的証拠という発想自体の科学主義的リアリズムが強く関与していよう。近代の科学主義の視線の前では、玉手箱などは存在しにくいのである。

そこで、近代文学の場合は、物的証拠としてのアイテムより、それを伝えた人間の存在と、モノではないが、由来として残る名前など、縁起譚のような証拠により、リアリティーが確保される場合が多いようである。

例えば、深沢七郎の「みちのくの人形たち」(『中央公論』一九七九年六月)の「こけし」は、読みようによっては実に恐ろしい。この小説は、東京に住む語り手である「私」が、東北からやってきたある男に誘われてその男の村を訪ね、そこで、この男の関係する「間引き」の風習の現存を知り、そうして帰ってくるという話である。先祖が産婆であったこの男の家に伝わる屏風を、村人が「間引き」の際に、子供の供養のために「逆さ屏風」を立てるために借りに来るというのである。

さて、作中には一切その名が書かれない「こけし」ではあるが、この作品において重要な役割を果たす。いろんな形で、それらしきものが示唆される。まず、男と女の中学生の子供たちを紹介された時、「ふたりとも両肘を、ぴたりと、横腹にひきつけて立っている」のを見て、「私」は、「どこかで見たことのある子供さん」だと感じる。これは後に、駅で土産物を買おうとして「ふたつ並んでいる棚の上の人形」が「両腕を、ぴたりと身体につけている」のを見て、これに似ているからだと気づく。

また、男の家には、例の産婆であった先祖を象った仏像が仏壇に祀られているが、その女の仏像には、両腕がない。生前に両腕を切り落としたのだという。「間引き」の罪を重ねたことを償うためだとのことである。

土産物の人形は、誰でも「こけし」と思いつくであろうが、先にも書いたとおり、この作中では一切その名が伏せられている。おそらく、この人形の名前こそが、作品の鍵だからであろう。

「こけし」は、由来はともかく、一般的には、今でも愛好家の多い実に愛らしい人形である。しかし深沢七郎は、この小説において、「間引き」と響き合わせ、「子消し」の意味を殊更に読者に伝えるために、敢えて名前を書かなかったのではなかろうか。

「子消し」の名こそは、作中の「私」が東北のとある村という異界の風習を、東京に代表される現実界にいる読者にリアリティーを感じさせるために機能することは、疑いあるまい。

近代におけるリアリティー確保の第三の手法として、語りの仕組みを挙げることができる。例えば夏目漱石の「夢十夜」(『東京朝日新聞』『大阪朝日新聞』一九〇八年七月二五日～八月五日)のうち、第一夜、第二夜、第三夜、第五夜の「こんな夢を見た」という語り出しである。

物語の冒頭に際し、これから語ることを「夢」として認識している語り手の「こんな夢を見た」という言葉は、夢の世界と、語っている今という現実の世界とを往還したことの宣言でもある。たった一言、この言葉が置かれることで、その夢の内容がどのように特異で荒唐無稽なものであっても、夢なので、リアリティーをもって読者に伝わる。

このような宣言が為されない、第四夜の章なども、一〇の夜の話のうち、四夜について夢だと宣言されていることで、連載の読者には全て、夢であることが前提として伝わっている。近代の読者も、さすがに夢の内容の非論理性までは非難しないであろう。

これほど明確ではなくとも、語り手の位置のリアリティーが確保されている場合には、内容が非現実的な出来事であっても、近代の読者に受け入れられる度合いは高くなる。いわゆる枠物語の手法である。

例えば、谷崎潤一郎の「吉野葛」(『中央公論』一九三一年一月～二月)と「蘆刈」(『改造』一九三二年一一月～一二月)とは、この意味で、実によく似た構造を持つ。語り手の「私」が、後「吉野葛」の主人公は誰か、と、授業でよく学生に問いかけた。南朝の歴史小説を書こうと思い、吉野を訪ねるというところから、「私」が主人公である、という答が多いようであるが、これは日本における私小説の隆盛の影響が強いものと思われる。物語としては、「私」の友人である津村の母恋と、その結果としての親類に当たるお和佐を妻にする話が、筋を形成している。「私」が小説家であるという設定は、読者に、谷崎自身であるという予想を与えるものであり、ここにこの吉野の物語世界は確固としてリアリティーを持つ。しかし、考えてみれば、津村の物語は、狐を媒介とした葛の葉伝説などの伝奇ロマンに近い。いわば、「私」という語り手の存在をリアリティーの根拠としながら、作者は自由に伝奇を語ったとも受け取れるのである。

「蘆刈」も、「をかもとに住んでゐた」「私」という、谷崎を簡単に想像させる語り手の散策報告から始まるが、彼がある男から聴いたお遊さまの話は、男の父が若い頃覗き見たお遊さまが、今も同じような生活をしているというような時間的に間尺の合わない話である。その幻想性を念押しするように、男は物語の最後に姿を消してしまう。

ただし、語り手を「私」としたものは、荒唐無稽な内容を語るにはむしろ困難である。作者の体験が荒唐無稽である必要があるからである。そこで、このような不思議な体験を語った物語の多くは、伝聞の形式を採る。いわば、「知人の知人」の法則とでも名付くべき、知人に間接的に聞いた話という形で、適当なリアリティーを確保しつつ、奇なる物語を語るのである。そして、「知人の知人」とは、知人ではなく、誰も永遠に出会えない存在なのである。

最後に、リアリティー確保の第四の手法として、往還した人の感じた五感の描き込みを挙げることができよう。川端康成の「眠れる美女」（『新潮』一九六〇年一月〜一九六一年一一月）はその典型である。

これは、老人たちに、薬か何かで一晩中眠らされている美女たちと添い寝させてくれる館の物語で、主人公の江口老人がここに五夜通ったことが書かれているが、もちろん、この美女たちの館の存在様態はかなり怪しいものである。おそらく読者は、作り物語として、距離を置いてこの作品を読み始めるであろうが、そのことを見越してか、作中には、その世界が、論理的に描かれるのではなく、読者の五感に訴えかけるような、感覚的な要素を多用しつつ描かれている。例えば「その二」の眠っている娘の様子は以下のようなものである。

電気毛布のぬくみのせゐもあつて、娘の匂ひはしたからも強くなつて来た。江口は娘の髪をさまざまにもてあそびながら、生えぎは、ことに長い襟足の生えぎはが描いたやうにあざやかできれいなのを見た。

この短い二文だけでも、温度、匂い、髪の触感、そして生え際の視覚的様子が描き込まれている。

この世界の存在を疑わしい視線で見ている読者にも、この世界の匂いや色は確実に伝わるであろう。それは、しかも老人の過去の女性たちとの思い出話と重ね合わされて語られている。「その四」にも、「この世ににほひほど、過ぎ去つた記憶を呼びさますものはないともいはれる」と書かれている。思い出や記憶自体もまた、匂いなどと共に語られることによって、再現性を高めるであろう。読者は、頭で疑いながら、感覚でこの世界のリアリティーを感じ取らされているのである。

これらの手法を駆使しながら、日本の近代作家は、リアリティーの確保を前提に、奇なる物語を描こうとしてきたわけである。

そもそも小説が荒唐無稽なことを語っていけないわけはない。むしろ小説とは、日常生活を送る読者に対し、驚くべき非日常を伝えるのが通常である。しかし、日本の近代の小説には、読者に対して、過剰とも見えるほど、非科学性や非論理性を非難されることに対して予防線を張ったような仕掛けが多く見受けられる。谷崎などは、むしろ伝奇を構築する予防線の効果の実験を行ったのかもしれない。

世にも不思議な世界を、現実味を以て語ること。この二律背反が、日本近代文学においては、その出発期から、創作原理の一つだったのである。

では、「奇なる物語」がなぜ求められたのか。

それは、不思議な世界が日常生活を逆照射し、日常生活の真の姿に読者が気づくためであろう。

例えば太宰治が「富嶽百景」(『文体』一九三九年二月〜三月)の中で書くように、葛飾北斎の描いた富士はあまりに鋭角で、実際の富士は実になだらかである。しかしそれは、ただちに北斎の絵が間違いであることを意味はしないであろう。おそらく、富士は北斎によってそう描かれることによって、思考上の次元で何かが生じている。北斎の富士は富士であって、富士でない。北斎の富士を経た後では、現実の富士は見え方を変え、存在性を変える。あのなだらかな富士が、同時に鋭角の富士でもあり得るという、思考の新たな次元が開かれる。そのような日常世界を相対化して見せる役割を、芸術は担うわけである。

同じように我々は、読書体験によって、芸術の世界に遊び、やがて日常に帰ってくる。その往還関係の中で、我々は日常を正しく見ていること以上の、可能次元をも含めた高度な視点を手に入れる。現実世界の事物が、それ以上のものとして、あるいは多重化して、意味を持ち始める。

これこそ、文学の役割なのであろう。私の知りたい「文学とは何か」の一端が、見えたような気がする。

作品本文引用底本一覧

第一章　近代における海外

森鷗外「舞姫」『鷗外全集』第一巻、岩波書店、一九七一年一一月

＊森鷗外「鷗外漁史が『うたかたの記』『舞姫』『文つかひ』の由来及び逸話」『鷗外全集』第三八巻、岩波書店、一九七五年六月

夏目漱石「倫敦塔」『漱石全集』第二巻、岩波書店、一九六六年一月

岡本かの子「巴里祭」『岡本かの子全集』第四巻、冬樹社、一九七四年三月

第二章　桃源郷の魔力

泉鏡花「高野聖」『鏡花全集』第五巻、岩波書店、一九四〇年三月

森敦「月山」『森敦全集』第三巻、筑摩書房、一九九三年一月

谷崎潤一郎「少年」『谷崎潤一郎全集』普及版第一巻、中央公論社、一九七二年一〇月

宇野浩二「蔵の中」『宇野浩二全集』第一巻、中央公論社、一九六八年七月

第三章　地方・郊外、近代が作った異界

夏目漱石「坊つちゃん」『漱石全集』第二巻、岩波書店、一九六六年一月

志賀直哉「城の崎にて」『志賀直哉全集』第二巻、岩波書店、一九七三年七月
＊島崎藤村「山陰土産」『藤村全集』愛蔵版第一〇巻、筑摩書房、一九七六年六月
＊泉鏡花「城崎を憶ふ」『鏡花全集』第二七巻、岩波書店、一九四二年一〇月
深沢七郎「みちのくの人形たち」『深沢七郎全集』第六巻、筑摩書房、一九九七年七月
太宰治「津軽」『太宰治全集』第六巻、筑摩書房、一九九〇年四月
大岡昇平「武蔵野夫人」『大岡昇平全集』第三巻、筑摩書房、一九九四年一一月
＊国木田独歩「武蔵野」『定本国木田独歩全集』増訂版第二巻、学習研究社、一九七八年三月
＊石川淳「佳人」『石川淳全集』第一巻、筑摩書房、一九八九年五月

第四章　時間と空間の歪み

谷崎潤一郎「蘆刈」『谷崎潤一郎全集』普及版第一三巻、中央公論社、一九七三年一〇月
坂口安吾「桜の森の満開の下」『坂口安吾全集』第五巻、筑摩書房、一九九八年六月
村上春樹「世界の終りとハードボイルド・ワンダーランド」『世界の終りとハードボイルド・ワンダーランド』、新潮社、一九八五年六月
＊村上春樹「街とその不確かな壁」『街とその不確かな壁』、新潮社、二〇二三年四月
江戸川乱歩「押絵と旅する男」『乱歩傑作選集』第六巻、平凡社、一九三五年五月
※帰ってこなかった男――安部公房「砂の女」『安部公房全作品』第六巻、新潮社、一九七二年六月

第五章　性のラビリンス

川端康成「雪国」『川端康成全集』第一〇巻、新潮社、一九八〇年四月
永井荷風「濹東綺譚」『荷風全集』第一七巻、岩波書店、一九九四年六月
川端康成「眠れる美女」『川端康成全集』第一八巻、新潮社、一九八〇年三月

＊三島由紀夫「解説（川端康成「眠れる美女」）」『決定版三島由紀夫全集』第三四巻、新潮社、二〇〇三年九月
宮本輝「泥の河」『宮本輝全集』第一巻、新潮社、一九九二年四月

第六章　内なる異界としての幻覚・夢・病気

萩原朔太郎「猫町」『萩原朔太郎全集』補訂版第五巻、筑摩書房、一九八七年二月
宮澤賢治「銀河鉄道の夜」『新校本宮澤賢治全集』第一一巻童話Ⅳ本文篇、筑摩書房、一九九六年一月
＊宮澤賢治「「銀河鉄道の夜」初期形二」・「「銀河鉄道の夜」初期形三」『新校本宮澤賢治全集』第一〇巻童話Ⅲ本文篇、筑摩書房、一九九五年九月
夏目漱石「夢十夜」『漱石全集』第八巻、岩波書店、一九六六年七月
内田百閒「冥途」『新輯内田百閒全集』第一巻、福武書店、一九八六年一一月
芥川龍之介「河童」『芥川龍之介全集』第八巻、岩波書店、一九七八年三月
武田泰淳「富士」『武田泰淳全集』第一〇巻、筑摩書房、一九七三年三月
安岡章太郎「海辺の光景」『安岡章太郎全集』第一巻、講談社、一九七一年一月

第七章　伝奇の中の異界

国枝史郎「神州纐纈城」『国枝史郎伝奇文庫』第五巻（上）、講談社、一九七六年三月・第六巻（下）、講談社、一九七六年三月
＊三島由紀夫「小説とは何か」『決定版三島由紀夫全集』第三四巻、新潮社、二〇〇三年九月
澁澤龍彦「六道の辻」『澁澤龍彦全集』第一八巻、河出書房新社、一九九四年一一月
石川淳「六道遊行」『石川淳全集』第一〇巻、筑摩書房、一九九一年三月

第八章　異界からの来訪者

三島由紀夫「美しい星」『決定版三島由紀夫全集』第一〇巻、新潮社、二〇〇一年九月

唐十郎「安寿子の靴」『安寿子の靴』、文藝春秋、一九八四年一〇月

色川武大『怪しい来客簿』より「空襲のあと」「墓」『昭和文学全集』第三一巻、小学館、一九八八年一二月

田中小実昌「ポロポロ」『昭和文学全集』第三一巻、小学館、一九八八年一二月

おわりに――物語の構成原理としての異界往還と、近代におけるリアリティーの確保

泉鏡花「天守物語」『鏡花全集』第二六巻、岩波書店、一九四二年一〇月

あとがき

谷崎潤一郎の「蘆刈」の、語り手がふと出会った男から物語を聞く形式が夢幻能に似ていることは本文中にも書いたが、泉鏡花の「高野聖」も、語り手が出会った高野聖から奇譚を聞くという形式で語られている。構造的には、「蘆刈」と「高野聖」とは実によく似ている。そういえば、江戸川乱歩の「押絵と旅する男」もそうである。

いや、待てよ。似ているのは、この語りの入れ子構造の方ではなく、そもそも奇譚によって紹介される異界の存在と、日常世界との通路なのではないか。誰かがこの異界に出かけていき、帰ってきたことによって、異界の存在が日常世界に知らされる。この異界との往還構造が、物語の成立に関わっているのではないか。

そう思いついて、往還構造を持つ物語を数え上げ、何でも当てはまりそうな気がして、あらゆる作品を読み直している時間は、とても幸せだった。やはり読み直すたびに、小説は異なる顔を見せてくれる。

今回は、小説のストーリーに、読書体験自体も重ね合わせた。私たちも、読書をしている間は、異界に出かけている。異界探訪は、何も珍しいことではない。それはむしろ、日常的に起こっている。

考えてみれば当たり前のことではあるが、私にとっては、それは再確認するに値するものだった。

我々は脱日常願望を常に抱いている。普段はそれを封じ込めているだけだ。日常からほんの少し逸脱するだけでも、すがすがしい解放感を得ることができる。その欲望が、旅行願望と響きあい、また芸術鑑賞と呼ばれる行為を求めても、何の不思議もないであろう。

というわけで、私は相も変わらず読書に励み、休みがあれば国内外を旅行し、「探索」している。

子供たちがまだ幼かった頃、家族でロンドンを訪れ、調査の合間を縫って、例のキングス・クロス駅を訪れた。そこには、ハリーたちがホグワーツに向かう際に列車に乗るために用意された、9と3/4番ホームがあると聞いていたからである。

確かに、ホーム横の壁にカートが刺さっている。誰かがそこに入りかけているらしい。しかし我々はその向こう側に入ることはできなかった。残念ながら。

このような異界の入り口が、実は日本にも溢れている。それが書籍である。このような手軽な異界往還が、しかしながら、なかなかできていないのではないか。もっと我々はこの毎日でも楽しめる異界往還を楽しむべきではないか。その意味で、本書は読書の薦めであり、芸術体験への誘いであり、文学世界の楽しみ方の例示であるということになろう。

今回の出版にも、図書出版みぎわの堀郁夫さんにお世話になった。勉誠出版、春陽堂書店に引き続き、四冊目である。私以上に私の書くものをよくご存じである。今回も、このようなわがままな本の出版を叶えてくださり、本当にありがとうございました。

また、最初の批評と校正は、例の如く妻の手を煩わせた。いつもながらありがとう。

この本をきっかけに、読者の皆さんが何らかの方法で異界に遊んでくださることを心より願っています。

二〇二三年月日

※なお、第一章「近代における海外……森鷗外「舞姫」」の項には、「「舞姫」と「新浦島」——異界との往還」（『鷗外研究』年月）の一部を改稿して用いた。

真銅正宏

（しんどう・まさひろ）

1962年、大阪府生まれ。神戸大学大学院単位所得退学。徳島大学総合科学部助教授、同志社大学文学部教授を経て、現在、追手門学院大学教授。専攻は日本近現代文学。2016年、博士（文学）（神戸大学）。
主な著作に『永井荷風・音楽の流れる空間』（世界思想社）、『ベストセラーのゆくえ 明治大正の流行小説』（翰林書房）、『食通小説の記号学』（双文社出版）、『偶然の日本文学 小説の面白さの復権』、『触感の文学史 感じる読書の悦しみかた』（勉誠出版）『匂いと香りの文学誌』（春陽堂書店）などがある。

異界往還小説考

二〇二三年九月三〇日　初版第一版　発行

著者……………真銅正宏
発行者…………堀郁夫
発行所…………図書出版みぎわ

〒270-01119
千葉県流山市おおたかの森北3-1-7-207
電話 090-9378-9120　FAX 047-413-0625
https://tosho-migiwa.com/

装釘…………宗利淳一
組版…………森貝聡恵（アトリエ晴山舎）
印刷・製本……シナノ・パブリッシング

ISBN978-4-911029-02-2　C0095